세 번째 시집

서푼의 詩

西岩 정문식

서푼의 詩

펴 낸 날　2023년 9월 25일

지 은 이　정문식
펴 낸 이　이기성
편집팀장　이윤숙
기획편집　이지희, 윤가영, 서해주
표지디자인 이지희
책임마케팅 강보현, 김성욱
펴 낸 곳　도서출판 생각나눔
출판등록　제 2018-000288호
주　　소　경기도 고양시 덕양구 청초로 66, 덕은리버워크 B동 1708호, 1709호
전　　화　02-325-5100
팩　　스　02-325-5101
홈페이지　www.생각나눔.kr
이 메 일　bookmain@think-book.com

• 책값은 표지 뒷면에 표기되어 있습니다.
　ISBN 979-11-7048-600-8(03810)

정문식 세 번째 시집

서푼의 詩

생각나눔

_____ 님

詩語의 여백에서 교류하는 좋은 동행이기를 소망하며
감사드립니다!

西岩 정문식

『서푼의 시』를 내면서

'시간 참 빠르다!' 그렇지요? 팬데믹(COVID-19)으로 세상이 멈춘 3년여를 보태니 한 4년이 후딱 지나가, 왠지 억울한 기분도 들고 그렇습니다.

2집 '바람의 길'을 내보내면서 3집은 얼마 걸리지 않을 것 같다 하였는데, 어머니가 돌아가신 후 이런저런 치레를 하느라 정신이 없어 덩달아 같이 쉬고 말았습니다. 그러다 올 4월쯤인가 친구들과 어울리는 '고래고래 합창단'의 모임에서 부르던 어느 가곡의 저미는 가사 덕에 오랜 게으름에서 깨어났습니다. 그렇구나, 사람들은 생각 없이 맞이하는 감초들 덕분에 사는 맛이 있는가 보다 하면서, 날것으로 두었던 것들을 꺼내어 정리하며 추억하고 보태어서 3집을 출간하게 되었으니 감사할 뿐입니다.

어디서 봤는지, "글을 쓰는 사람들은 잊혀가고 있는 우리말들을 찾아서 사용해야 하는 사명을 가져야 한다."라는 말에 공감을 하여 필요한 곳에서는 찾아서 써야지 했습니다. 특히 늘 사용하는 단어가 서푼쯤 모자라다 싶을 때 찾은 우리말이 맘에 드는 경우의 기쁨은 덤이고요. 사전에서 찾아내 쓰고도 돌아서면 "그 단어가 뭐였지?" 하여 다시 찾아보면서 웃습니다만 말입니다. 그렇게 쓰다 보면 친해지겠지요. 그 서푼쯤 모자라는 단어들 때문에 이 3집의 제목을 '서푼의 시'라고 한 것은 아닙니다. 사전적 의미인 '아주 보잘것없는 것'이 아니라 '가치 있게 쓰는 작은 것'이란 뜻으로 그리하였음을 말씀드립니다.

끝으로 또 하나의 시집을 낼 수 있게 늘 치켜세워주고 응원해주는 고마운 지인들과 책의 표지에 사용한 그림을 내어준 또랑 김진권님께 감사의 말을 전합니다. 그리고 뒤쪽에 덧붙여 놓은 노래 악보는 1집에 실린 시「길」과 같은 1집의「금오도 비렁길」이 노래가 된 것입니다. 특히「금오도 비렁길」은 친목모임인 '고래고래 합창단'의 김예숙 지휘자님께서 곡을 주신 것이라 특별히 더 감사드리며 올렸습니다. '이상기후'의 피해로 불안한 시대에, 심신의 건강 잘 챙기시며 지내시기를 기원하면서, 또 4집에서 뵙겠습니다.

2023의 여름날
西岩 정문식

한 푼 야생화들과 인제천리길의 벗들

두 푼 길에서 부르는 나의 노래

서 푼 일상의 작은 공간들을 들여다보며

덤 그리움으로 두 손을 모아

한 푼

야생화들과
인제천리길의 벗들

산길에서 만나는 친구들이 많아서 좋다.

길벗들과 때론 혼자,

산과 골짝의 야생화며 하늘과 바람….

나의 글이 시작된

이 산길이 고맙다고 이렇게 작은 조각 몇 개에 불과하지만,

어찌 어찌 늘어놓을 수 있으니 참 다행이다.

까치수염

개꼬리풀 살랑거리는
여름날 오후

마을 어귀 장승 옆
느티나무 그늘아래

어르신 수염을 쥔
꼬리명주나비가

아련한 기억들을
너울너울 풀어낸다.

*까치수염: 까치수염의 하얀색의 작은 꽃들이 총총히 박혀 있는 것이 꼭 수염 같다
고 하여 붙여진 이름이다. 그리고 강아지 꼬리처럼 보이기도 해서 개꼬
리풀이라고도 한다. 또 수영이라는 식물을 닮아 까치수영이라고도 한
다. 산과 들에 자라는 여러해살이풀이다. 모래와 돌이 많은 양지에서
잘 자라며, 6~8월에 흰색의 꽃이 핀다.

*개꼬리풀: 까치수영의 다른 이름.

*꼬리명주나비: 흔히 호랑나비라 부른다. 무늬의 변이가 심하며, 수컷은 노란 바탕에 검은 무늬가 있고 암컷은 흑갈색 바탕에 담황색 무늬가 있다.

*너울너울: 팔이나 날개 따위를 활짝 펴고 아래위로 잇따라 부드럽고 천천히 움직이는 모양을 나타내는 말.

▶ 꼬리명주나비

▶ 까치수염

5월, 아이들의 봄날에

봄바람 꽃바람
오월의 남산은

새살거리는
아이들의 놀이터

연초록 숲 내를
오르내리는

싱그러운 봄바람과
나란한 하얀 양말들이

때죽나무 열매를
흔들면서

먼 길 떠나느라 야단 난
아이들의 꿈에 돌돌 말리어

▶ 떼죽나무

까마득히 멀리멀리
가버렸나 했는데

여전한 오월의 남산에는
아이들이 웃고 떠들며

어린 날
내 동무들의 꿈을 나누고 있다.

*떼죽나무: 산과 들의 낮은 지대에 서식한다. 크기는 10~15m 정도이다. 꽃은 늦
        봄에서 초여름 사이에 초롱처럼 생긴 흰색으로 피며, 꽃말은 '겸손'이
        다. 가지마다 2~5송이씩 하얀 꽃을 피운다. 그리고 열흘 남짓 지나면
        열매가 열리는데, 아래를 향해 조롱조롱 매달린 열매는 익으면서 은회
        색이 된다.
*새살거리다: 샐샐 웃으면서 수선스럽게 자꾸 지껄이다.
*내: 코로 맡을 수 있는 온갖 기운.

제비꽃

동산의 제비꽃
내 사랑아

아지랑이 봄날을
쬘 수 없음에

아련한 마음
깊은 곳에 두고

보시시 비째는
내 사랑의 꽃이여

▶ 제비꽃

*보시시: 포근하게 살며시.
*비쌔다: 어떤 일에 마음은 있으면서 안 그런 체하다.

쥐방울덩굴

마른 바람에 흔들거리는
쥐방울덩굴의 씨방은

흰 눈이 머물고
찬바람 지날 때마다

비어지는 자리에
조금씩 봄을 쟁이면서

대보름 달빛까지
가득 채워지면

주머니를 풀어
봄을 내려놓고 가시기에

밤사이
아니 보이시는 게지요.

▶ 쥐방울덩굴

*쥐방울덩굴: 쥐방울덩굴과에 속하는 다년생 덩굴식물. 일본과 중국, 한국이 원산지이고, 산과 들에 서식한다. 꽃은 쥐를, 열매는 방울을 닮은 덩굴식물이라 하여 '쥐방울덩굴'이라는 이름이 붙었다. 크기는 1~5m 정도이다. 꽃은 한여름에서 늦여름 사이에 초록색으로 피며, 10월에 지름 3~5cm인 둥근 삭과가 달려 익는데, 밑 부분이 6개로 갈라져서 꽃자루의 가는 실에 매달려 낙하산 모양을 이룬다. 열매 속에 씨가 많이 들어 있다. 꽃말은 '외로움'이다.

현호색의 봄

종다리 머리 깃
홍자색 현호색이

꽃잎 살포시
얼굴 내밀어

겨우내 그을리고 얽힌
마음 타래를

노고지리 하늘에
풀어내시고는

워낭소리 가득한
비탈 밭고랑에

새봄 햇살이랑
가지런히 누웠습니다.

▶ 현호색

*현호색: 현호색과의 여러해살이풀로써 산 중턱 이하의 숲 가장자리 나무 밑에 많
으며 간혹 논밭 근처에서도 볼 수 있다. 우리나라에는 제각기 특색을 지
닌 10종의 현호색이 자생하고 있다. 학명 Corydalis는 희랍어의 종달새
에서 유래한다. 뒤로 길게 누운 모양의 꽃은 새가 합창하는 듯한 모습을
하고 있으며 대개 군락을 이루고 있어 숲속의 합창공연을 보는 듯하다.
*노고지리: 종다리의 옛말.

꽃마리

밤별들 내려와
낮별이 된 꽃, 마리

가까이 다가가
눈 맞추며

푸르게 초롱 했던
어느 오월의 기억을

접사에 담아
그대에게 보냅니다.

지나간 날들에
덤덤할 수 없는 마음

사랑옵은 꽃에
고이 접어놓은 건

얼버무려지는
세상의 틈새에서

그대에게 보내는
'에로스'의 별입니다.

▶ 꽃마리

*꽃마리: 꽃이 필 때 꽃차례가 말려 있어 꽃마리라고 부른다. 우리나라 곳곳의 산
　　과 들, 길가에 자라는 두해살이풀로, 반그늘이나 양지에서 잘 자란다.
　　지름 2mm 정도의 하늘색 꽃은 4월부터 8월까지 계속 피고 진다. 꽃
　　다지 또는 꽃말이, 잣냉이로도 불리며, 꽃말은 '나를 잊지 마세요' 또는
　　'나의 행복'이다.
*접사: 렌즈를 피사체에 가까이 대고 촬영함.
*사랑옵다: 사랑하고 싶도록 귀여운 데가 있다.
*얼버무리다: 뒤섞어 슬쩍 넘기다.
*에로스(Eros): 그리스 신화에 나오는 사랑의 신.

장미의 계절

누리달의 아침
붉은 태양이 되어

담장을 허물고
시공을 거슬러

생명의 기운을 전하는
유월의 장미여

깊고 깊어 검붉어진
그대 사랑을

어우렁더우렁
아르페지오로 풀어내며

담담해진 마음을
그대 곁에 둡니다.

*누리달: 6월을 뜻하는 순우리말로 온 누리에 생명의 소리가 가득 찬 달이라는 뜻.
*어우렁더우렁: 여러 사람들과 어울려 들떠서 지내는 모양을 나타내는 말.
*아르페지오(arpeggio): 기타, 피아노, 하프시코드, 하프 등에서, 한 개의 화음에
　　　　속하는 각 음을 동시에 연주하지 않고 최고음이나 최저음부터 한 음씩
　　　　차례로 연속적으로 연주하는 주법.

꽃범의꼬리

매암에 영그는
들녘 소리
그 팔월을
연보라 꼬리에
매어 달고

높고 파란 하늘
갈바람에
푸르던 시절
그리울
꽃범의꼬리여

짧아지는 볕에
살라버린
뭉게구름의
날들이
아쉽다 하지 마라

피고 또 피어날

너의 자리는

나처럼

서럽지 않아

좋지 않더냐.

▶ 꽃범의꼬리

*꽃범의꼬리: 꿀풀과에 속하는 여러해살이풀로, 원산지는 북아메리카다. 주로 배
  수가 잘되는 곳에서 서식하고, 꽃은 7월에서 9월에 걸쳐 피고, 보라
  색, 분홍색, 붉은색, 흰색 흰색이다. 금붕어가 입을 벌린 듯한 모습의
  꽃이 한 줄로 이어지며, 수백 송이의 꽃이 핀다. 꽃말은 청춘, 추억,
  젊은 날의 회상, 열정.
*매암: '매미'의 방언.

8월의 선물

하얀 설악초 꽃이 피었다.

보이고 싶은 것과
감추고 싶은 것의
그럴듯한 핑계의 혼돈 속에서

첫 마음을 잊고 지내는
어리석음마저 어여쁘다 하시는
신의 사랑으로 피어난 꽃

보이지 않는다고
없어지는 건 아니라고

화려한 잎줄기에 가려있어도
꽃은 거기 있듯이

첫 마음이 헛것을 입었을 뿐
침잠해 살펴보라고 보내주신

팔월의 크리스마스 선물

▶ 설악초

*설악초: 꽃보다는 하얀 무늬가 줄로 들어 있는 잎이나 줄기가 관상 포인트다. 늦
　　　여름부터 초가을까지 관상할 수 있으며, 전체적으로 차분하고 정결한 느
　　　낌을 주는 꽃으로, 잎, 줄기의 흰색이랑 겹쳐서 피는 작은 꽃은 자세히
　　　보아야 눈에 들어온다.
*침잠: 마음을 차분히 가라앉혀서 깊이 사색하거나 자신의 세계에 깊이 몰입함.

걷는다는 건

머뭇거리는 아련함을
발뒤축으로 밀치면서

멍청해지니 잘 보이는
파란 하늘 둘러매고

묘한 설렘과 기분 좋은 흥분이
사뜻하여 휘저어 나간다.

그제야 걸음이 된다.
바람이 된다.

해바라기를 따라
저녁노을까지 한달음

걸음이 담는 것들을 그냥
예쁘게만 바라보며

구리터분 땀 냄새에 나부대지 않는
여전한 마음이 걷는다.

그제야 걸음이 자유롭다.
노을빛을 입는다.

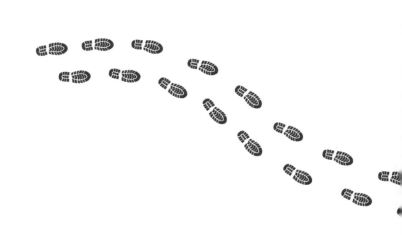

*사뜻하다: 깨끗하고 말쑥하다.
*구리터분하다: 똥이나 방귀 냄새와 같이 역겹고 신선하지 않다.
*나부대다: 얌전히 있지 못하고 철없이 촐랑거리다.

마장터 가는 길

작은 새이령 넘어
마장터 가는 길

샘물로 목을 축이고
서낭당에 돌 하나 얹으며

빨리 가는 봄과
너무 이른 여름의 사이를 걷는다.

옛 화전의 흔적 희미한
낙엽송 사잇길을

설레는 마음
발자국 소리에 감추고

어여쁜 꽃들과
아련한 이야기를 더듬어 걷는다.

이어지는 길은
미련으로 남아도

누이들의 메아리와
벗의 노래가 어울리니

▶ 마장터 가는 길

마음 어느새 붉어
단풍 고운 새이령 길을 걷는다.

('인제천리길'의 7-2코스, '마장터 가는 길'에서)

마장터

종착지
합수머리

작은새이령
3.2km

출발지
용대삼거리

*새이령(대간령): 강원도 인제군 북면과 고성군 간성읍 토성면 사이에 있는 고개.

순수의 노래

어이 어이 어이야!
내버려두니 자유로운
바람 위 춤사위에

덩달아 어깨춤이 이네

어이 어이 어이야!
산딸기 붉은 입술이
숲길을 움켜쥐고

오물거리느라 늦어도 좋아

어이 어이 어이야!
세상을 잊은 기쁨에
대목령 바람 되어

은비(隱祕)의 숲에 마음 두니

▶ 은비령길

어이 어이 어이야!
가을빛 외로워지거든
필노령 별을 세며

순수의 노래를 부르리라.

('인제천리길' 10코스, '은비령길'에서)

큰눈이고개

필례온천
6km

대목리

5단폭포

원진개

출발지
가리산방재체험마을

종착지
군량분교

*은비령: 은비령은 이순원의 소설 『은비령』에 등장하는 지명으로, 실제 지도상에
　　　　 는 존재하지 않지만 설악산 한계령 부근의 샛길을 따라가면 나오는 '신비
　　　　 롭게 감추어진 땅'을 표현한 것으로 현재는 필례계곡을 뜻하는 말이 되
　　　　 었다.
*대목령: '큰눈이 고개'의 다른 이름. 가리산 방재체험마을에서 출발해 필례약수
　　　　 가는 길에 있는 고개.
*필노령: 노력을 아끼는 고개, 즉 지름길이라는 뜻으로 영서와 영동을 잇는 최단길.

금강초롱길

다래가 익어가는 일곱 골 굽이굽이
길라잡이 보랏빛 산비장이를 따라
가을꽃들이 반겨주는 길을 걸었소.

징검다리를 잇는 웃음이 어여쁘다
귀한 금강초롱까지 걸어놓으셨으니
향로봉 가는 길은 '금강초롱길'이라

▶ 금강초롱길

칠절봉에서 멈춘 걸음을 기억하며
금강을 지나 백두에 오르는 날에는
금강초롱 불 밝힌 어깨춤이 따르리.

('인제천리길' 5코스, '향로봉 가는 길'에서)

출발지
당봉산성

직계초소
4km

칠정봉

진부령미술관

종착지
용대자연휴양림

▶ 산비장이

▶ 금강초롱

*금강초롱: 초롱꽃과에 속하는 다년생초. 한국이 원산지이며, 높은 산지에 서식한
다. 크기는 약 30~90cm 정도이다. 꽃말은 '가련한 마음', '각시와 신
랑', '청사초롱'이다. 서식하는 지역에 따라 색의 변화가 심한 것이 특
징이다. 금강초롱꽃에는 금강산에 살면서 병에 걸린 자신을 위해 약을
찾으러 떠난 동생을 초롱불을 들고 기다리던 누나가 쓰러져 그 초롱불
이 꽃이 되었다는 슬픈 전설이 있다.

*다래: 다래나무의 열매. 맛은 키위와 비슷하여 키위를 '참다래'라 부른다.

*산비장이: 국화과에 속하는 다년생초. 한국과 일본이 원산지이다. 산지에 서식하
며, 크기는 약 30cm~1.4m이다. 식재료로 사용할 때에는 어린순을
나물로 먹는 것이 보편적이다. 홍자색의 꽃은 여름부터 가을에 걸쳐
줄기 끝에 달리는 두상꽃차례로 무리 져 피지만 꽃차례 하나하나가 마
치 하나의 꽃처럼 보인다.

*칠절봉: 태백산맥 북부에 위치한 향로봉 가는 길에 위치한 봉우리. 금강산, 국사
봉, 설악산, 오대산으로 연속되는 산맥의 서쪽에는 큰까치봉, 작은까치
봉, 건봉산, 향로봉, 둥글봉, 칠절봉, 매봉산 등이 연이어 있다. 날씨 좋
은 날에는 금강산이 보인다.

개인약수 가는 길에서

어진임이시여
그대에게 가는 길이
어찌 그리 힘든지
너덜길이며
소쿠라지는 물에
후들거려 혼이 났다오.
그래도
가을 물들이다
느린 시간에
애달픈 그대 눈물이 감치니
美山洞天에
설렘 매어놓고
붉어 바래지도록
함께 있고 싶구려.

('인제천리길' 17-1코스, '개인약수길'에서)

종착지
개인약수터

개인 약수터 입구 주차장
3.5km

출발지
소개인동

소개인동교

▶ 개인약수 가는 길에서

*개인약수(開仁藥水): 강원도 인제군 미산리에 위치한 약수. 방태산 중턱(고도
    940m)에 있다. 약수가 어진 마음을 열어 사람들이 지니고 있는 몸과
    마음의 병을 치유한다는 데에서 개인(開仁)이라는 이름이 유래되었다
    고 한다.
*소쿠라지다: 세찬 기세로 굽이쳐 용솟음치다.
*감치다: 잊히지 않고 항상 마음에 감돌다.
*미산동천: 강원도 인제 내린천 상류 미산계곡. 즉 미산(美山)이란 내린천 상류계
    곡을 이르는 지명이고, 동천(洞天)이란 본래 '산천으로 둘러싸인 경치
    좋은 곳'을 이르는 말이다.

평범해서 좋은 길

'광치령 다소골길'을 들머리로 대암산 허리춤을 걸었습니다.

스스로 편해진 바람과 하늘, 까치수염, 물레나물, 좁쌀풀꽃

빼앗김 없는 온전한 시선으로 산자락의 가객들과 어울리어

두런두런 걷는 칠월 한낮의 볕이 뜨겁지도 지루하지도 않아

만발한 길벗들 웃음꽃 언저리에 늘어진 잠든 별도 매어 달고

익숙한 인제의 냄새가 기껍다 하며 땀 배어난 붉어진 숨으로

평범해서 좋은 길 어느 그늘에 그 여름의 노래도 두었습니다.

('인제천리길' 3-1코스, '대암산 허리춤길'에서)

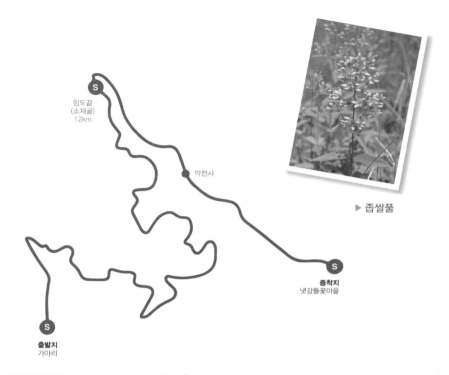

임도끝
(소재골)
12km

약천사

S

종착지
냇강들꽃마을

S

출발지
가아리

▶ 좁쌀풀

▶ 대암산허리춤길

▶ 물레나물

*광치령: 인제군과 양구군의 경계에 있는 고개로 오르내리는 옛길은 산악지형의
　　　　영향으로 경사와 곡선구간이 많다. 현재는 터널이 뚫려있다.

*잠든 별: 까치수영의 꽃말.

*가객: 반갑고 귀한 손님.

*기껍다: 탐탁하여 마음이 기쁘다.

초대

'제주올레' 축제의 날,

떨리는 작은 가슴 안고
산의 길이 바다의 길을 만나 정분이 났네.

필레의 단풍은
송악의 저녁을 곱게 물들이고

오름의 억새에
인제의 사람길이 설레는구나.

함께 북을 두드리자
얼씨구절씨구 세대를 아울러 어깨춤도 추며

어울리고 나누는 한마당,

자작의 노래는
한 수를 흘러 올레로 이어지고

▶ 올레축제

뿔소라의 고동 소리가
오름의 아침을 깨우네.

나누고 새기며
천년의 길을 함께할 벗이여

다음에는 '인제천리길'에 그대 오시어
느영 나영 두이둥실 사랑허게마씸!

*송악: 두릅나무과에 속하는 상록 덩굴식물. 공기뿌리가 나와 암석이나 다른 나무
　에 붙어 자란다. 잎은 녹색으로 두터운 가죽질이며, 가장자리는 밋밋하다.
　10월경에 녹황색의 작은 꽃들이 몇 개씩 모여 피며, 열매는 둥글고 이듬해
　5월경에 익는다. 아시아 원산으로 한반도 중남부 해안지역과 제주도에 자
　생한다.
*느영 나영 두이둥실 사랑허게마씸: 너하고 나하고 두리둥실 사랑합시다(제주 사
　투리).

고원임도길

구름의 바다에
욕심으로 가득 채운
배낭을 내던지고

황금빛 꿈같은 길을
가난한 벗들과
아이가 되어 걸었습니다.

소치리에서 윗다무리를 올라 골 안으로 이어지는
고원임도길이 그랬습니다.

겨울을 기다리는
인제의 섬들을 바라보며
높이 날아오르니

외로운 줄 알았던
늦가을의 날들에
따듯한 벗들이 있었습니다.

눈 내리는 날을 기다려 이 길을
인제천리길 벗들과 아이처럼 또 걷고 싶습니다.

('인제천리길' 20코스, '고원임도길'에서)

▶ 고원임도길

종착지
남면사무소

골안

출발지
소치리

미약골

전망좋은곳
5.9km

*가난한 벗: 자연의 벗이 되어 욕심의 그릇을 비우며 길을 걸어가는 사람들, 함께
걷는 길 친구들.

겨울나무

곰배령의 겨울바람이
거칠다 하나

이파리 없는
겨울나무에는
찬바람이 머물지 않아

바람의 흔적은
그리움으로 남을 자리니

홀로 맞는 찬바람이 서럽다
아파하지 마

깊은 네 뿌리는
그래서 더 강해지잖아

('인제천리길' 12코스, '곰배령길'에서)

▶ 겨울나무

강선리
6.5km

곰배령

S

출발지
곰배골

종착지
진동분교

*곰배령: 강원도 인제군 기린면 소재. 곰이 배를 하늘로 향하고 벌떡 누워있는 모
습을 하고 있어서 붙여진 지명이다. 해발 1,100m 고지에 약 165,290
㎡(5만 평)의 평원이 형성되어 있으며, 계절별로 각종 야생화가 군락을
이뤄 만발하여 마치 고산화원을 방불케 한다.

썩 괜찮은 날

이 더운 날 숲은 어인 일이냐고
'산꿩의다리' 하얀 꽃이 묻는다.

'그냥 숲이 좋아서.'라고
어깻짓으로 답하니

땀내 흘어 어르며 속삭이는
'단풍 좋은 날 꼭 오라.'는 귀엣말에

'큰눈이고개'를 향하던 더딘 걸음은
마다할 핑계 없는 잰걸음 되어

'귀때기청봉'을 넘어
시월까지 내달렸으니

쑥스러워졌다 한들
오늘은 썩 괜찮은 날입니다.

('인제천리길' 10코스, '은비령길'에서)

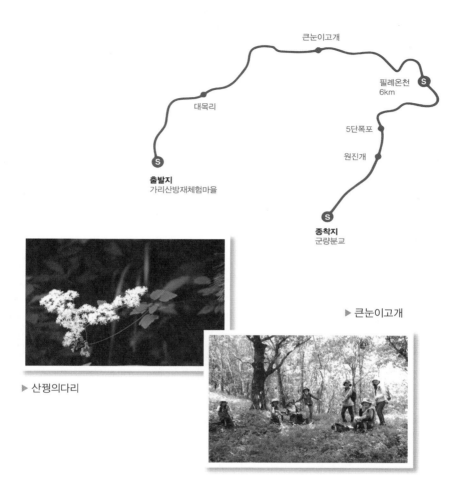

큰눈이고개

필례온천
6km

대목리

5단폭포

원진개

출발지
가리산방재체험마을

종착지
군량분교

▶ 큰눈이고개

▶ 산꿩의다리

*산꿩의다리: 산꿩의다리는 우리나라 각처의 산지에서 자라는 여러해살이풀로, 반
그늘이나 햇볕이 잘 드는 풀숲에서 자라며, 꽃은 6~7월에 원줄기 윗
부분에 펼쳐지듯 피는데, 꽃잎이 없으며 흰색이다. 꽃받침은 4~5개
로 작으며 꽃이 피기 바로 전에 떨어진다. 꿩의다리 종류들은 대부분
우리나라 특산종으로, 꽃도 예쁘고 귀해서 인기가 많다.
*귀때기청봉: 설악산 중청봉에서 시작되어 서쪽 끝의 안산으로 이어지는 서북주릉
상에 위치한 봉우리.

처녀치마

봄바람에 가쁜 마음
산그늘 골 마다 않고

그리운 님 마중 나온
곱디고운 처녀치마

다소곳이 눈부시어
올괴불도 바래누나.

읍내 가던 곱은 골에
진달래꽃 붉어지고

융단 같은 초록 이끼
치맛자락에 묻히면

내 님의 셋갖춤 지어
잰걸음 다녀오리다.

('인제천리길' 2-1코스, '읍내 가던 길'에서)

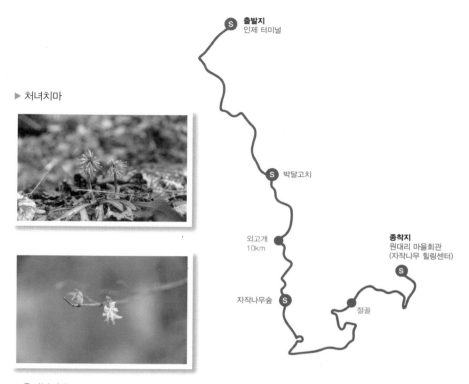

▶ 처녀치마

▶ 올괴불나무

S 출발지
인제 터미널

S 박달고치

외고개
10km

종착지
원대리 마을회관
(자작나무 힐링센터)
S

자작나무숲 **S**

절골

*처녀치마: 백합과에 속하는 다년생초. 성성이치마, 치마풀이라고도 불린다. 잎
　　　이 땅에 퍼져 있어 치마폭을 펼쳐 놓은 듯한 모습에서 치마풀이라는
　　　이름이 유래했으며, 산속의 습한 응달에서 자란다. 꽃이 아름다운
　　　식물로 남획의 위험에 노출되어 있어 자생지의 보호가 필요하다.
*올괴불나무: 이른 봄, 눈이 녹으면서 가지 끝에 연분홍색의 꽃이 피어 아름다
　　　우며, 초여름에 익는 홍색 열매는 아주 매혹적이다. 처녀치마꽃보
　　　다 먼저 피기에 처녀치마꽃이 필 때쯤은 색이 바래지며 말라가고
　　　있다.
*셋갖춤: 저고리, 바지, 조끼를 다 갖춘 한 벌의 양복.

천상화원

오며 가며 꽃 보는 재미 쏠쏠하던
나의 꽃밭이 횅하니 비었습니다.

구름그림자에 앉아 안주인을 쫓던
영감님의 그 눈길 아니 보이길 서너 해

끝내 슬픈 별이 되었나봐 그럽니다.

문득, 꽃을 가슴에 담기 시작한 이래
나의 꽃밭이 되어준 정원인데

어느 꽃 하나 모자람 없는 손길에
우쭐거리며 활짝 피던 꽃들이

또 하나의 그리움으로 남겨지나 그럽니다.

좋은 건 알아도 매일 갈 수 없는
곰배령이나 만항재도 부럽지 않던

나의 노래 채송화, 달맞이, 장미들이
부르고픈 매발톱, 도라지, 자주달개비들이

천상화원에서 기다리고 있을 거라 그럽니다.

*만항재: 함백산 자락 만항재는 강원도 정선과 태백, 영월이 경계를 이루는 고개
다. 해발고도가 1,330m인 높은 고갯마루는 국내에서 차로 오를 수 있는
가장 높은 고개로, 특히 설경이 빼어난 곳이다. 천상의 화원 만항재는 봄
부터 가을까지 다양한 야생화가 피어나고 이른 아침의 안개는 몽환적이
며, 발아래 겹겹이 물결치는 백두대간 풍경은 황홀하다.

길에서 부르는
나의 노래

생경한 감흥이지만 점점 더 좋아지는 클래식 음악.

요즘은 음반을 사서 듣고 공연장을 찾기도 한다.

구름 캔버스에 꿈을 그리는 것 같아도,

때론 그런 생각만으로도

삶이 제법 그럴듯한 태가 나는 것 같아 좋다.

문득 새벽에

세상은 돌고 돌아
그 자리

삶의 무게에 눌려
찌그러지든

술에 취해
세상을 희롱하든

달빛을 찾아 헤매다
지쳐 고꾸라지든

「오르페오의 아리아」에 탄식하다
잠들어 버리든

멈추지 않는
괴물 같은 세상은

모든 민낯들의 허상 속에서
저 홀로 반짝이는구나.

*오르페오의 아리아: 글루크의 오페라 『오르페오와 에우리디체』의 3막 1장에
서 오르페오가 부르는 아리아. 「에우리디체 없이 무얼 하리(Che faro
senza Euridice)」

눈꽃 향기

눈 내린 새벽길의
가지런한 발자국들
어디를 가시는
고운 걸음들이실까

사연이 무엔들
마음 절로 따스해지는
삶의
고귀한 흔적

가로수 눈꽃이
예쁘다 한들
저 임들 마음에 있는
꽃들만 할까

먼동에
그 꽃들 날아오르니
세상이 온통
향기로 가득해진다.

도랑 이야기

걸쭉한 입담을 주워들고 붉어진 영감님들과
빨랫방망이로 구름 치우는 아낙들이 있는 곳

개구쟁이들과 바둑이가 들락날락 거리든 말든
멋들어진 백로가 저 홀로 장단을 맞추며 놀던

옛 도랑 가없어라, 동무들 보고파라

홰치는 소리 앞산을 돌아 메아리쳐 돌아오면
먼동에 바빠진 다슬기랑 가재들이 사는 거기

도랑 치고 가재 잡던 아이들은 모두 어디 가고
아침 댓바람부터 매미들만 목 놓아 우는 겐가

옛 기억 그리워라, 동무들 보고파라

푸른 바다를 꿈꾸는 나뭇잎 배 도랑에 띄우고
드높은 하늘 구름에 올라 응원하던 친구들아

또 먼 훗날의 오늘에도 이 도랑 흐르고 흘러
깜치들 이야기 풀어내며 발 담글 수 있으리라.

새 친구들 모여라, 푸른 꿈 이어가자.

*가없다: 끝이나 한도가 없다.
*깜치: 살빛이 까만 사람.

거리의 노래, 나의 4악장

가로등 고즈넉한 거리의
다사했던 하루가 지나간다.

북적거리던 거리를 벗어나는
걸음을 따라

유쾌한 허세도
끈적이는 香水도 사라진다.

잠시 시간이 멈춘
나의 거리 작은 광장에

목울대를 비켜 일어난 바람이
가로수 이파리를 흔들며

괜히 서러울 것 같은
달빛 파도가 밀려온다.

오직 오늘만 있는 사람들의
거리만은 아니기에

가진 거 많아도
늘 모자란 사람들의 밤이 지나면

▶ 거리(Brent Heightton작)

또 어떤 만남과 사랑, 이별과 죽음이
이 거리를 서성거릴지 몰라도

나의 거리에는 여전히
커피를 볶는 아저씨도

비둘기를 부르는 노인도
창문 밖 하늘을 담는 아이도 있겠지

아, 이제는 곤한 하루를
재워야 할 시간

가벼운 터치의 끄트머리를 쥐고
나의 4악장이 꿈꾸듯 느려진다.

플라타너스 가로수 길의
시큼한 팔월의 기억과

노을 내린 항구의 비릿한 갈증
그 뜨거운 욕정을 삼키며

느려지는 현의 레가토에 기댄
발그스레한 사랑이 잠든다.

(베토벤의 피아노 트리오 4번 「거리의 노래」를 들으며)

*레가토: 악보에서 둘 이상의 음을 이어서 부드럽게 연주하라는 말.

월광 소나타

까닭 없는 深痛에 허우적거리며
달빛 개울을 데면데면 걷습니다.

"세상일이 달팽이 뿔 위에서 싸우는 것 같다."지만
마음의 길은 늘 불편하여

뿌연 회색빛이런지
붉은빛이 도는 황금색이런지

느릿느릿한 손길로
가만히 눌러 달래면서

빈 가슴의 흔적들 위에
당신의 선율을 얹어놓습니다.

내 것이 아닌 욕심의 자리에
산수유 꽃이 피면

루체른 호수의 달빛이 그러하겠지요.

(베토벤의 소나타 14번 「월광」을 들으며)

*심통(深痛): 마음이 몹시 아프고 괴로움.

*데면데면: 사람을 대하는 태도가 친밀성이 없고 어색한 모양을 나타내는 말.

*와각지쟁(蝸角之爭):『장자(莊子)』의「칙양편(則陽篇)」에 나오는 말로, 작은 나라
끼리의 싸움이나 하찮은 일로 서로 옥신각신 승강이하는 짓을 비유적
으로 이르는 말.

길의 끝에서

욕망도 아쉬움도 사라져버린 자리에는
끝을 알 수 없는 짙은 어둠만이 남아

울고 웃던 날들은 心痛의 불쏘시개인가
시리지도 않는 마냥 높은 하늘이여

달콤한 노래들과 찬란했던 밤의 날들은
산산이 흩어져 어둠에 아득하구나,

옭아매던 발길이 여기까지면 그런 게지
덧없는 웃음은 눈물보다 시원할 것

길의 끝에서나마 숨은 마음을 보았으니
미련이라 한들 더 이상 여한이 없어

아, 참담한 이 밤이 차라리 꿈이라고 한들
눈 뜨지 않으리라 오만한 운명이여!

(푸치니의 오페라 『Manon Lescaut』의 간주곡, 「Le Havre」를 들으며)

*심통(心痛): 악하고 고약한 마음보.

고구려의 북

신명 나게 놀아보자
어깨춤도 추면서
북소리 장단 어울려
한마음 한소리로
세대와 세대 이어나가세
겨레여

고구려 북소리 두리둥둥
민족의 얼이여 두리둥둥

가슴 울리는 북소리
금수강산 퍼지네
북방의 너른 대지를
말 달리던 기개로
큰북 앞세워 떨쳐 나가세
형제여

('풍류예술단'의 고구려 북소리에 노래를 붙이다.)

1월의 산에서

아쉬운 날들의
발자국들이

아스라한 능선들을 밟고

빈손으로 올라와
주렁주렁 상고대에 매달려도

티 내지 않는 1월의 산

그 산은
추운 날 애썼다고

깊고 푸른빛의 하늘을
가슴마다 달아주며

가난한 마음을 다독여 주는
정령 같아

기대어 늘어놓은 바람들이

3월의 골짝에
예쁜 꽃으로 피어날 것이라며

어여 내려가
눈 덮인 산을

그저, 山竹에 우려 담아보라 하네.

▶ 계방산의 1월

*어여: '어서'의 방언.
*산죽: 조릿대의 다른 말. '산죽, 갓대, 산대, 신우대'라고도 한다. 깊은 산의 나무
        밑이나 산 가장자리에서 높이 50~100cm 정도로 자란다. 낚싯대, 대바구
        니, 소가구재 등 공업용으로 쓰인다. 관상용, 사방용으로 심기도 한다. 연한
        잎을 데쳐서 식용하거나 말린 잎을 차로 이용한다.

달집태우기

대보름 큰 달이 안겨드니
생경한 벅찬 두근거림에
동백의 붉은 꽃송이 뒤에
얼굴을 붉히었습니다.

생기 가득한 달빛을 타고
성엣장에 올라 떠다니던
붉어도 좋았을 그때로 가
밤늦도록 어울립니다.

몽롱하니 절로 흐뭇하여
담아 든 남산의 보름달에
속 깊은 바람 두어 개 적어
달집에 살라야겠습니다.

*성엣장: 물 위에 떠서 흘러가는 얼음덩이.
*달집: 음력 정월 보름날 달맞이를 할 때, 불을 붙여 밝게 하기 위하여 나무와 짚
　　　따위를 묶어서 집채처럼 쌓아 만든 덩어리.

풀꽃 피는 3월에

살바람 들녘 봄날에
작은 풀꽃들이 핀다.

간난의 시절 이겨낸
민초들의 함성일 듯

풀꽃들 피고 또 피고
하늘별들 내려온다.

작고 어여쁜 꽃들을
큰 숨으로 마중한다.

풀꽃 피는 그 삼월이
향기 가득 그리울 새

망울지는 꽃나무들
아픈 메아리가 된다.

*살바람: 좁은 틈으로 새어 들어오는 찬바람.
*새: 어떤 일에 들이는 시간적 여유나 겨를.

풀꽃의 노래

목 놓아 외치던 대한독립만세
민초들의 가슴을 뻘겋게 저민
기미년 삼월 풀꽃들의 노래여

모두가 주인인 나라를 위하여
사월혁명 이뤄낸 민주의 씨앗
횃불잡이 그대 민족의 혼이여

세대를 아울러 함께하자 우리
線을 넘어 잃어버린 들녘까지
풀꽃의 노래를 부르자 겨레여

마중

종종걸음으로
들락날락거리던

골목 어귀의
코 빨간 어린 형제는

보이지 않는
느린 손님에

쪼르륵쪼르륵
구실거리를 삼키며

지는 해 붙드는
고운 마음이

빨갛게 애가 타
동동거린다.

*구실거리: 실수나 잘못 따위에 대해 핑계로 삼거나 변명할 만한 일.

4월의 눈물

속절없이 지나가는 봄이
아쉽기도 하지만

넉넉하게 꼽아도 그리 많지 않을
돌아올 새 봄날들이

외로워질까 봐
두려워 울었다.

민주를 위하여 산화하신
선배들이 계신

'사월학생혁명 기념탑' 너머
선홍색 '진달래 능선'이

여전히 설레어
고마워 울었다.

사월이 온통 아프고 아려
힘들다 하지만

시크한 척 덤덤할 수 있는 것은
라일락 향기 때문이라고

사월 끄트머리서
걍 울고 말았다.

*진달래 능선: 북한산 백련공원에서 대동문을 오르는 길에 있는 진달래 군락지. 진
　　　　　달래 능선에 서면 북한산 경관의 으뜸인 암봉군이 보인다. 봄에는
　　　　　진달래가, 가을에는 단풍이 장관이다.
*시크하다: 용모와 스타일이 세련되고 멋지다.
*걍: 어떠한 작용을 가하지 않거나 상태의 변화 없이 있는 그대로.

개망초꽃 6월에

나물로 밀원식물로 쓰임새 많아도
잘 자라고 흔해서 잡초라 부르는

유월의 바람 개망초꽃

그 향기 가득한 터에서
친구들을 응원하는 것은

웅크리고 있던 진짜를 끄집어내는
친구들의 인생 2막의 향기 때문입니다.

연주를 하고 노래를 부르고
사진을 찍고 그림을 그리고
재능기부와 봉사를 하며

나누면 더없이 좋다며
이름은 이미 안중에도 없는

자유로운 바람의 친구들

그 개망초꽃 향기 같은 이들과

용사의 들에 핀 꽃을 보며
아파할 수 있고

눈물이 된 의인들을 불러
술잔을 부딪칠 수 있으니

개망초꽃 유월의 호랑나비가 되어도
그만이겠습니다.

▶ 개망초

*개망초: 국화과 개망초속에 속하는 식물로 북아메리카가 원산지이다. 어린잎은
　　　　나물로 먹으며, 감기나 위염, 설사 등에 효과가 있어 한방에서는 약재로
　　　　사용하기도 한다. 달콤하면서 부드러운 향기가 나는 꽃이다.

7월, 연꽃공원에서

비바람에 흙탕물이 난장을 쳐도 아랑곳 않는
'花中君子' 연꽃이 핀 칠월을 걸었습니다.

폭염을 끌어안고도
허허로운 그 곁에서

궁상의 조바심마저 다 내려놓고
은근한 향기에 취해

혼돈의 생 한편에
작은 흔적으로 남은

소나기의 날들도 불러서 같이 걸었습니다.

꿈꾸는 청개구리를 따라
주억거리며

7월의 오후가 아쉬워도 참 좋았습니다.

어느새 火는 사라지고
평안만 남아

사는 개 별거 아니라는 건
이런 날도 있어 좋다는 것이겠지요.

▶ 연꽃

*화중군자: 꽃 중의 군자라는 뜻으로, 연꽃을 달리 이르는 말. 진흙에서 자라지만
　　　　 그 더러움이 물들지 않는 데서 유래한다.
*주억거리다: 천천히 위아래로 끄덕거리다.

고추잠자리 (2)

마른 가지에서 놀던
고추잠자리가

하늘 깊어 더 붉어진
검붉은 빛으로

담쟁이의 가을을
곱게 물들이고 떠나갔다.

늘 어제와 같을 오늘이라는
착각으로

지난 날갯짓이
네 마지막 비행인 것을

노을 지나
어두워지고서야 알았다.

하늘 깊어지는 틈에
있는 듯 없는 듯

내 生의 날들도
그리 갔으면 좋겠는데

단풍 고운 이파리를
한 줌 쥐고서

그만큼의 그리움을
또 쌓고 있구나.

기억의 길

수치도 모르고 쓰던
옛 조선총독부
그 치욕의 상징이
무너지는 기쁨에
눈물 훔치던 기억
아직 생생한데

실실거리다
뒤통수를 자꾸 맞는다.

절치부심의 날들은 어디 가고
도대체 왜
기억을
다짐을
돌라방치기 당하는지

아, 마음의 길에
치욕의 잔해를 깔아
분노로 걸어보아도
성차지 않는구나.

▶ 옛 중앙청

그 잔해의 절반을
방방곡곡에 보내어
만세 함성이 메아리치던
거기

부끄러워 걷고
희망새김으로 걷는
기억의 길을 만들어 달라
위정자들이여!

*돌라방치다: 살짝 빼돌리고 대신 그 자리에 다른 것을 넣다.
*옛 조선총독부 건물의 철거: 1916년 일제의 식민통치 상징으로 건립된 조선총
　　독부의 건물은, 일제강점기에는 일본의 역대 총독들이 사용했고, 8·15
　　해방 후 미 군정기에는 군정청으로 사용되었으며, 이때부터 중앙청이
　　라고 불리기 시작했다. 정부가 수립 후 이승만 대통령이 집무실로 사용
　　했으며, 5·16 군사정변 후에는 국무총리실을 비롯한 주요 정부부처의
　　청사로 사용되어 오다가 적절하지 못하다는 부정적인 여론 등으로 인
　　해 1986년 8월부터 국립중앙박물관으로 개조하여 사용하다가 1995
　　년 철거되었다. 이후 철거 잔재는 독립기념관으로 이관되어 일부는 기
　　념물로 전시되는 등 보관된 것으로 알려진다.

구름 한 점, 별 둘

평범한 날들을 위한 핑계 좋은
윤사월의 날

장미가 피기 시작하는 도시의
울타리를 벗어나

푸른 강가에
낚싯대를 드리우다

깊고 높은 하늘의
두둥실 구름 한 점 붙들어

조몰락거리어
그대 얼굴 거기 두니

덧없이 지나가 버리지 않은 삶이 고마워
새삼 많이 붉었다.

낮부터 서성거리던 초승달이
으쓱으쓱 대는 시간

▶ 검은등뻐꾸기

검은등뻐꾸기의 유혹에도
꼼작 않는 찌는 내버려두고

밤하늘 은하수에 숨을 잊어도 좋다며
마냥 바라보다

저기 저어기
함박눈처럼 나리는 별 중에

나란한 별 둘
그대 창가에 보내놓고

두근거리는 여전한 마음이 좋아
물안개에 숨었다.

---

*조몰락거리다: 작은 동작으로 자꾸 주무르다.
*으쓱으쓱: 춥거나 무섭거나 해서 자꾸 몸이 움츠러드는 모양을 나타내는 말.
*검은등뻐꾸기: 흔한 여름 철새로, 4월 하순에 찾아와 번식하고, 9월 중순까지 관
          찰된다. 머리와 목은 뻐꾸기와 비슷한 청회색이지만, 몸 윗면과 날개는
          갈색 기운이 강하다. 꼬리 끝에 폭 넓은 검은 띠가 있다. 가슴은 흰색이
          며 폭 넓은 검은색 가로 줄무늬가 있다. 울음소리를 글로 표현할 수 없
          으나 사람들은 4음절의 그 소리가 '홀닥벗고'라 들린다며 웃는다.

편지

사랑한다는 말로
충분합니다.

뭔가 더 깊은 곳에 있다는 그걸
꺼내려 애쓰지 마오.

그대 이미 눈빛에 담아
전해주었지 않았소.

벌거벗은 것 같아
부끄럽다지만

사랑이 맑아 감출 수 없는 그걸
가리려 애쓰지 마오.

매화 같은 그대 향기
어찌 가릴 수 있겠소.

어느 이별

하늘 높아질수록
장독 위에서 조는 것이
잘 어울리는 고추잠자리와

모자를 눌러쓰고
할 일 없이 어슬렁거리느라
코만 벌게진 내가

소 닭 쳐다보듯
그저 서로 바라만 보다가
속절없는 이별을 한다.

사는 게 그런 거라 한다.

*속절없다: 구체적인 이유나 까닭을 알 수 없다.

메타세쿼이아 길에서

곧게 자라 높이 바라보는
메타세쿼이아 숲

가을 때깔에 물들어가는
곧게 난 그 길을

우쭐해서 걸었던 기억이
아프지 않아

많이 그리웁니다.

하늘 높이 올라 가지런한
메타세쿼이아처럼

걸음이 쉬던 기억의 자리
금빛 노을에 앉아

나란히 바라보던 서녘의
그윽한 빛이

내내 그리웁니다.

*그리웁다: '그립다'의 비표준어. 보고 싶은 마음이 애틋하고 간절하다.

파란 집

▶ 셰프샤우엔

하늘 가까운 언덕에
흙집을 짓고

쉐프샤우엔의 파란색으로
칠을 할 것입니다.

신의 뜻으로
핑계를 주었다 믿기에

내 그리움의 빛깔도
파란색으로 했지요.

하늬바람 불면
그대 오시리라

덤덤한 척 매일
덧칠을 하면서 말입니다.

*쉐프샤우엔(Chefchaouen): 모로코 북서부에 위치한 도시. 중세시대 기독교인
　　　들의 박해를 피해 유태인과 이베리아반도 출신 무어인들이 집단으로
　　　피신하여 건설한 곳으로, 아름다운 골목길과 인디고블루와 화이트의
　　　대비가 눈부시게 예쁜 도시다. 파란색은 희망을 상징하는 색이다.
*하늬바람: 서쪽에서 부는 바람.

일상의 작은 공간들을
들여다보며

시어의 여백에 두고자 하는 쉼과 어떤 느림은,

아마도 몇 권의 시집을 더 내놓는다 해도

여전히 어설프리라는 것은 잘 알지만,

이렇게 한 번씩 나와 주변을 둘러보는 맛이 쏠쏠하다며

두꺼워지는 거죽을 믿고 퉁치며 산다.

궁상 (1)

헛것을 쫓느라
다 써버린 시간이 미안해

이름을 잊고 살면
더 바랄 것 없을 줄 알았는데

참새가 시끄러워
차라리 입을 닫아버린

텅 빈 들녘의
허수아비가 부럽고

섬마을 돌담을 두른
동백을 짝사랑하다가

제풀에 지쳐 거품 물고 자빠진
파도가 그리우니

궁상도 이런 궁상이
또 어디 있을까.

개꿈

지난밤 꿈 생각이 안 나
이미 오래전부터 깨지 마라 바라던
새벽녘의 그 몽환
하얗게 시려 기어이 부서지는

어렴풋한 기억 속에서
뭔가 찾아 헤매다 순식간 사라지는
별똥별의 그 찰라
지나쳐버린 정류장의 이름들

찬바람 부는 서러운 밤
벼랑에서 떨어지는 혼비백산
추락하는 날개
재가 되는 '노루잠에 개꿈'

*몽환: 꿈과 환상이라는 뜻으로, 허황된 생각을 이르는 말.
*노루잠에 개꿈: 아니꼽고 같잖은 꿈 이야기를 하는 것.

비교

다른 사람과 비교하면서
움츠리거나 우쭐거리지 말자.

위에서 보면 거기서 거긴데
보기에도 흉하게 그게 뭔가

고갯길이 올라가기만 하는가
열심을 다하면 되는 거지

다 똑같으면 사는 맛이 없어
뭐라도 다르니까 산다잖아

살면서 마음이 병들었나 싶거든
지나온 걸음의 자국을 돌아봐

수줍어 웃고 있는 네 모습
한가위 보름달 같던 큰마음을

푸념

옛날이 좋았다고
푸념만 하기에는

너무나 빠르게 변하는
그런 세상에서 살아가자니

따라가지 못한다고
따돌림 당하고

금과옥조는
꼰대의 잔소리라

귀는 열고
입은 무겁게 살자 해도

술 한 잔 들어가니
그도 부질없구나.

*금과옥조: 금이나 옥처럼 귀중히 여겨 아끼고 받들어야 할 규범.
*딴전: 앞에 닥친 일과는 전혀 관계가 없는 일이나 짓.

걱정도 팔자다

뻑하면 늘어놓는
걱정이라는 것이

늘 아쉬운
미련의 자식들

아픈 날 많아지는
굼뜬 몸뚱이

추하지 않게
잘 죽을 궁리라니

할 수 있는 것 하나 없는
군것진 짓거리다.

*뻑하면: 조금이라도 무슨 일만 생기면 바로.
*군것지다: 없어도 좋은 것이 쓸데없이 있다.

혼돈

변덕을 일상으로
아무 데나 나대는

개기름 번질거리는
두툼한 껍데기를 두른

거울 속의 너
누구?

그걸 보고 있는 난
또, 뭐?

마중물

펌프질 등목하던 개구쟁이들도
잊지 않고 채우는 마중물

가르쳐준 이 없어도 눈치껏 당연한
다소곳한 예쁜 마음이 거기 있어

목마른 자리에 흐뭇하게 남아
더해지는 그리움이 기꺼워라

언덕에 올라가 숨을 고르며
먼 데서 오는 동무들을 기다립니다.

겨울 풍경화

임 그리는 콧노래
노을 창가에 서성이다
뽀드득뽀드득
손가락으로 이어지는
달과 별이 있고

눈 내리는 날
군고구마를 구워내는
무덤덤한
검댕이 장군이 사는
숲, 작은 집에는

茶談 온기를 입은
야상곡들이
아무렇지도 않은 척
죽은 시간들을 풀어내어
처마에 매달립니다.

나이 드는 일

시간이 흐르면
절로 그럴싸하게
늙어가는 줄 알았다.

버럭 큰소리에
나날이 뻔뻔해지는
고약한 심보라니

저녁노을에 어린
애증의 흔적에
눈시울 붉힐지언정

날것들의 용기에
박수 쳐줄 수 있는
부끄러움이면 족한데

두터운 낯으로
모양새만 내려 하니

어디 맵시가 나겠는가

제대로 나이 먹는다는 건
소요산 단풍이 예쁘게 드는 것 보다
어려운 일이다.

*소요산: 경기도 동두천시와 포천시 신북면에 걸쳐 있는 산. 산의 높이는 587.5m
    이고, 산세가 웅장하지는 않으나 석영반암의 대암맥이 산 능선에 병풍처
    럼 노출되어 성벽을 이루고 있는듯하며, 경기소금강(京畿小金剛)이라고
    불리는 절경과 진달래, 단풍으로 유명한 산. 최근에는 봄, 가을 '지공선
    사'들로 북새통을 이루고 있다.

예쁜 오늘

아름다운 시절은
너무나 빠르게 지나가서 예쁜가 보다.

그러니 우리
제대로 즐기지도 못한 아쉬움에

풀 죽어
스스로 통곡의 방에 갇혀버린

재랄 떠는
어리보기가 되지 말고

아쉬우니 예쁜 오늘
한껏 멋을 부리고 근사한 찻집에라도 가자.

*재랄: 어수선하게 떠들거나 함부로 분별없이 하는 행동을 속되게 이르는 말.
*어리보기: 행동이나 말 따위가 다부지지 못하고 어리석고 둔한 사람을 얕잡아 이
　　　　　르는 말.

스무아흐레의 달

소양호 깊은 어둠의 골에
새벽달이 떠오른다.

어깨에 기댄 뭇별들은
놀라 숨어들고

스무아흐레 빈 달이
어스름 틈새를 벌리어
스멀스멀
물안개를 두른다.

억겁만첩 올라오는 찌
자빠지는 어둠
스무아흐레 희미한 달빛들이
살림망에 담긴다.

무심하여 비워진 듯
낮달이 되어 놀던 새벽달은

가무린 어둠을 쟁이어
보름으로 가는가

광장에 달빛 가득해지는
그날은 우리의 날

내 사랑 콜로라투라여
달의 노래를 부르자

*쟁이다: 차곡차곡 포개어 쌓아 두다.
*어스름: 날이 저물 무렵이나 동이 트기 전에 햇빛이 거의 비치지 않아 어둑어둑한
        상태.
*가무리다: 몰래 혼자 차지하거나 흔적도 없이 먹어 버리다.
*콜로라투라(coloratura): 성악곡에서, 빠른 경과구나 트릴 등에 의해 기교적으로
        화려하게 장식된 선율. 여기서는 소프라노의 꽃 '콜로라투라 소프라노'
        의 의미.

小夜曲

석양빛 부시다고 한참을 감쳐물더니
큰 숨 내쉬는 거, 씁쓸해서 그래

땅거미를 휘저으며 보도블록에 내뱉는
어설픈 눈빛은, 외로움이 맞아

미워하지 않으니 분노는 아니라지만
어쩔지 몰라, 숨도 가쁜 거고

사람으로 산다는 그거 원래 외롭다니
덧없다 싶을 땐, 노랠 불러봐

살 오른 달빛 밝은 날 동산에 올라
그대의 사랑노래, 가만가만히

*소야곡: 밤에 연인의 집 창가에서 부르거나 연주하던 노래.
*감쳐물다: 아래위 두 입술을 서로 약간 겹치도록 하면서 다물다.

우정

넘치지도 마르지도 않는
우정의 항아리

퍼가고 채우며
흐뭇해하고

고집스럽게
닦고 보듬으면서

무시로
세월을 거슬러

절대 철들지 않을
입담들이

칡덩굴 같아도
더듬어 내는

존중과 배려가 켜
두둑하여 있다.

*무시로: 일정한 때가 없이 아무 때나.

어둠의 시간

바람 거칠어도
달빛 은근하여도

자글거리지 않는
어둠의 시간은

세상의 민낯들을
마냥 끌어안고

덤덤하게
없는 듯 있는

깜깜하여 순수한 시간

깨어있는 자
가위눌린 자

새김칼을 들어

▶ 먼동에

무늬를 새기라

끌을 치며
미련을 쳐내라

조금 조금씩
아픔을 덜어내며

먼동으로 가는 시간이다.

*자글거리다: 근심이나 걱정 따위로 자꾸 마음을 졸이다.
*새김칼: 나무나 돌 따위에 글자나 형상을 새길 때 쓰는 칼.
*끌: 망치로 때리거나 손으로 밀어서 나무에 구멍을 파거나 겉면을 깎고 다듬는 데
　에 쓰는 연장.

욕심

물러나면
조금 더 다가오고

안 보는 척하면
눙치는 딴청

눈을 감고
귀를 닫으면

미쳐서라도
홀로 날치지

가슴앓이
돌아누운들

사람이 본래
그런 거라며

돈짝만큼
커지는 욕심은

종일 울어대는
청개구리 배짱

*눙치다: 듣기 좋은 말로 마음을 누그러지게 하다.
*날치다: 함부로 날뛰며 기세를 떨치다.
*돈짝: 사물의 크기를 엽전의 크기에 상대하여 이르는 말.

허수아비

보내지 못한 글에서
쉰내가 나고

보석 같았던 단어들은
휑하니 널브러져

오색은 바래어
너덜거리는 꼴이라니

차라리 허수아비 되어 살자.

비바람에 어루러기지고
새똥을 칠하고

하나둘은 부러져
얼기설기 기대어 있어도

오롯이

한 곳만 바라보는

묵묵하니 그 허수아비 말이다.

*오색: 여러 가지 빛깔.
*어루러기: 피부병의 하나. 처음에는 둥근 모양의 작은 점에서 시작하여 점점 번지
　　　　면서 누른 갈색이나 검은색으로 변한다.
*묵묵하다: 입을 다문 채 말없이 잠잠하다.

몸살

막걸리 주전자에
구겨 넣은 기억들이
목구멍에 걸린
고갈비 가시 같다고

버름하니 어긋어긋해진
모든 것들이
내 것 같지 않아
성이 나 미치겠다고

뭔 미련이 그리 많아
내내 씨불이며
가뭇없다
날 새우며 지랄을 하더니

기어이
속바람 들어 나부라지누나
한 발만 물러서도
편해지는 네 것들을 두고

*고갈비: 부산광역시 일대에서 고등어를 반으로 갈라 석쇠에 구워 먹는 음식.

*버름하다: 꼭 맞지 않고 틈이 좀 벌어져 있는 상태에 있다. 마음이 서로 맞지 않아
　　　　　좀 서먹하다.

*어긋어긋: 물건의 맞붙여 이은 조각들이 이가 맞지 않아 꽤 어긋나 있는 모양.

*성: 노하거나 언짢아서 치밀어 오르는 울컥하는 감정.

*씨불이다: 쓸데없는 말을 주책없이 함부로 자꾸 지껄이다.

*가뭇없다: 전혀 안 보여 찾을 길이 없다.

*속바람: 몹시 지친 때에 숨이 차고 몸이 떨리는 현상.

*나부라지다: 납작하게 엎드린 상태로 까부라져 늘어지다.

사랑 새

오래가지 않은 사랑을
사랑이 아니라고 말할 수는 없어

사랑은 자유로운 것이라
억지로 붙잡아둘 수 없기에

"사랑은 한 마리 들새 같아서."라 하지 않더냐.

서로의 사랑이
식었다 안 식었다가 아니라

첫 마음의 무게가
다르기 때문은 아닌지

사랑이 떠나갔다면 그럴 이유가 있으려니 하자

예쁜 사랑에 붉어 있었던 마음만
생의 갈피에 찔러두고

자유로운 새는
어디에 머무르든

아름다운 노래를 부르니까 사랑 새가 아니더냐.

*"사랑은 한 마리 들새 같아서": 오페라 『카르멘』 1막의 아리아 「하바네라」, 카르
멘의 사랑은 한 남자에게 구속되는 것이 아니라는 내용의 아리아.

여행을 그리다

2020년 마지막 달력을 내걸며
'코비드19 팬데믹' 때문에 텅 빈
넉넉한 여백에 그림을 그린다.

내린천 물안개를 두른 피아시며
해무에 잠긴 탄도항의 저녁놀과
빼곡한 해 뜨는 동해의 소원까지

평범한 날들의 소중함을 알았으니
아무 흔적 없이 머물다 가겠다며
줄 세운 핑계들로 여백을 채운다.

*코비드19 팬데믹은 2023. 5. 11. 상황 종료되었다.

*피아시: '피아시 계곡'을 말하며 인제에서 합강을 건너 내린천을 따라 오르다 보
면 만나는 '피아시 고개'와 그 일대의 절경을 일컫는 의미.

*탄도항: 경기도 안산시 선감동에 있는 어항으로 참나무가 울창하여 숯을 많이 구
워냈다 하여 유래된 이름이라 한다. 탁 트인 바다와 시원한 바닷바람을
즐길 수 있는 여유와 낭만이 가득한 항구로 특히 해넘이의 풍광이 예뻐
유명하다. 간조 시엔 등대전망대가 있는 '누에섬'까지 걸어갈 수 있다.

천망(天網) 소회

우주에 스러지는 먼지 같은 존재들이
보낼 것도 없으면서 넘나기는

그러니 노래는 죽어 핏발이 선 채 달려들고
쉰 소리만 남아 밤을 재우느라 오그라들지.

이미 죽어버린 덧없는 시간들은
되새겨봐야 속 쓰리고 아플 뿐

눈물을 코끝에 그렁하게 단 꼬라지로
민들레꽃 피고 지고 새봄은 없다 하는가

"천망은 회회하여 소이불실"이라
아픈 것들만 남아있지는 않을 터

너의 '리즈 시절'이 충분히 멋있었기에
작은 아쉬움들이 크게 보이는 거야

내일 더 슬퍼질까 지레 부산떨지 말고
아랫배 끝까지 큰 숨을 채우고

은근 거들먹거려봐, 그래도 괜찮아
누가 뭐라 하면 어때 열심히 살았잖아, 너

*소회: 평소에 품고 있는 회포나 뜻.
*넘나다: 분수에 넘치는 짓을 하다.
*천망회회 소이불실(天網恢恢 疏而不失): "하늘의 그물은 크고 넓어 그물의 코가
　　　　성글지만, 선악에 대한 응보를 반드시 내린다."(老子 73장)
*리즈 시절: 외모, 인기, 실력 따위가 절정에 올라 가장 좋은 시기. 영국 프리미어
　　　　리그의 축구 선수 스미스가 축구 클럽 '리즈 유나이티드'에서 뛰어난
　　　　활약을 펼치던 때를 이르던 말에서 비롯하였다.
*지레: 무슨 일이 채 일어나거나 어떤 때가 되기 전에 미리.

고래고래 합창단

모이면 우린
영락없는 옛 동아리방의 청춘들

'고래고래 합창단'은
그때의 '열정소란'들의 노래

성부 구성이 아쉬운 단장의
애가 타든 말든

아직 '살아있다'는 황소 목청들은
삑사리도 아랑곳
웃음으로 긁적이며
널름 버무리어 노래를 잇지

두툼한 민낯들의
박장대소로 이어지는 술시

끄집어내는 뒷말들과 추임새,
핑계들로 이어가는
술 차수에도
지침이 없는 청춘의 친구들

이대로 어울리다 우리
온전한 성부로 공연하는 날에는

기억하리라

그날엔
서슴없이 뜨거워질 가슴이 있음을

*고래고래 합창단: 필자의 대학 친구들 합창 모임의 이름.
*열정소란: 열정과 소란.
*살아있다: 성능이 좋거나, 함축적인 의미는 남아있거나, 오래된 것이지만 아직 쓸
　　　　　만하다고 평가될 때 사용하는 경상지역의 언어. '괜찮다.'의 의미.
*삑사리: 노래를 부를 때 흔히 고음에서 음정이 어긋나거나 잡소리가 섞이는 경우
　　　　를 통속적으로 이르는 말.
*뒷말: 일이 끝난 뒤에 그 일의 원인이나 과정, 결과에 대해서 이러쿵저러쿵하는
　　　　이야기.
*술시(戌時): 십이시(十二時)의 열한째 시. 오후 일곱 시부터 오후 아홉 시까지를
　　　　　나타내는 말이지만, 여기서는 그저 해 질 무렵부터 시작되는 술 마시기
　　　　　좋은 시간이라는 속어의 의미.
*민낯: 화장을 하지 않은 본디 그대로의 얼굴.

궁상 (2)

잴 때마다
크기가 다른
사랑이 미워
궁금한
세상일을 핑계로
밤늦도록
친구를 붙들고
애먼 술잔을 혹사시킨
또 다른
모순들로
지근거리는 새벽이
몸살을 앓는구나.

*애먼: 일의 결과가 다르게 돌아가 억울하게 느껴지는.

3쿠션을 놀다

빨강 노랑 하얀색 공 세 개가 만드는
세상만사 둥글둥글 돌고 도는 인생사

먼저 치든 나중 치든 엔간한 3쿠션은
호락호락하지 않는 삶의 한 조각이라

쉬운 배치엔 어김없이 키스가 따라붙고
어려운 공 무리하다가 뒷문을 열어주지

상대는 황당한 플루크도 가끔 하는데
내 공은 깻잎 한 장 차이로 빠져나가고

뜻대로 안 되는 건 신의 장난이라 해도
즐기느냐 짜증 내느냐는 오롯이 나의 몫

어울려 가는 길에 이기고 지는 게 무에
한 평 반 남짓 작은 세상이 웃다 죽는다.

*엔간하다: 수준이나 정도가 보통이거나 그보다 약간 더한 상태이다.
*키스(kiss): 당구 용어. 다른 공에 닿다.
*플루크(fluke): 당구 용어. 요행으로 맞음.
*스리쿠션 국제식 당구대의 규격: 3.15m×1.7m(약 1.6평)

덤

그리움으로
두 손을 모아

종교를 떠나서 사람들은 "어렵고 힘든 때에 神을 찾는다."라고 한다.

그리움으로 남겨지는 것들이 많아 늙어가면서

쓸데없는 말이 많아지는 것은 아닌지 모르겠다는 생각이 들지만,

그거야 신께서 알아서 해 주시리라 미룬다.

그래서 "힘들고 슬프다며 신께 기대니 좋다.

그리고 그 곁으로 가신 어머니와의 날들도 추억하니 좋다."라 한다.

가을을 걸으며

오후 햇살을 달래어
가을 숲을 걸었습니다.

콧등에 앉은
빛깔 고운 바람과

바스락거리는
낙엽의 어리광이 좋아

느리게
조금 더 느리게

긴 그림자도 붙들어
단풍에 매어놓으며

두근거리는 마음이
가을을 걷고 있었습니다.

가을 이파리

빛바랜 기억의 틈바구니에
세월을 덧입은 나뭇잎 몇 장

어느 가을의 흔적들이
이리 곱게 싸여있었는지

「뉴욕의 가을」에서 보았던
노랗고 빨간 가을도 있고

목마른 그리움으로 찾아간
태릉 숲의 늦가을도 있어

애써 감추지 않아도 좋은
눈부신 날들의 흔적들 곁에

오늘 챙긴 가을 이파리 하나도
바래도록 두어야겠습니다.

*「뉴욕의 가을」: 영화 「뉴욕의 가을」(Autumn In New York, 2000년)

가을앓이

늦은 가을비에 뒤척이는
서럽고 슬픈 기억들이
아득한 벼랑에서 떨어진다.

밟혀도 소리 내지 못하는
젖은 낙엽이라도 된 양
가위눌리어 몰아쉬는 숨

타서 재가 되는 두려움과
후줄근히 젖은 망상들이
풍한에 드러누운 火가 된다.

가로등 불빛 희미해지는
거리를 홀로 쏘다니다가
뇌성에 스러지는 空이 된다.

아파도 아프다 말 못하는
벌건 멍울을 여명에 두고
새기는 火印, 가을앓이다.

*풍한: 바람과 추위를 아울러 이르는 말.

*火: 못마땅하거나 언짢아서 생기는 노엽고 답답한 감정.

*스러지다: 희미해지면서 사라져 없어지다.

*空: 실체가 없고 자성(自性)이 없는 것.

시월, 푸르른 날에

높디높아
푸르른 하늘이여

그대 숨에 산국이 피어나고

나란히 앉은 우리 속삭임이
가쁘게 단풍들어가나 봅니다.

높디높아
시려질 날들이여

여문 알밤을 달빛에 구우며

나란한 날들이 외롭지 않아
맘껏 사랑하면 참 좋겠습니다.

11월의 가을 (1)

홀로 걷는 가을의 날들이
외롭다고는 하나

시큰해도 좋은
그런 그리움이 있고

서산을 넘어가는
저녁 해를 바라보며

장작더미에 기대어
멍 때리기 좋은 날도 있어

가을 바스락거리며
그대 오시는 길목에서 서성인다.

나의 가을은
11월이 되어야 맛이 난다.

11월의 가을 (2)

미련한 기억들이
서리 맞은 늦가을의 날

새 달력의 냄새를 따라
형광 동그라미를 둘러치다

소슬바람인가 높바람인가

바람에 길을 잃어버린
가을이, 커피가 식는다.

속없이 흔들거리던
내 그림자 어디 갔냐고

뱅뱅 도는 계절의 시위에
걸음을 멈춘 긴 침묵

스산한 「가을의 노래」가 흐른다.

동그라미가 없는
나의 11월이 넘어간다.

*소슬바람: 으스스하고 쓸쓸하게 부는 가을바람.
*높바람: 몹시 빠르고 기세 있게 부는 바람, 북풍.
*「가을의 노래」: 계절마다 달라지는 러시아의 풍경을 묘사한 차이콥스키의 피아
　　노 독주곡 『The Seasons』의 12개 소품 중 하나.

풍등을 날리며

푸른 옷의 날들이여
안녕히 잘 가시게

배웅하던 사립문 옆
화살나무도

산골짝 풀벌레에 기댄
담쟁이 바위도

고운 칠 덧입고
시려도 예쁜 멍이 들어가는구나.

뉘라도 가슴에
아픈 그리움 하나

칠보단장 아래
간직하지 않았으리

짧아지는 가을볕에
애가 타 붉어진 눈시울

시린 밤 풍등에 실었다오,
돌아오지 않을 푸른 날들을 위해

*풍등(풍등놀이, 풍등축제): 풍등은 특정한 행사 때 하늘 높이 날리기 위한 용도
로 만들어진 것으로 중국에서 유래되었다. 지금은 없
어졌지만, 동짓날 저녁에 경상남도에서 이웃 서당의
학동들과 등불을 가지고 싸움하던 소년놀이로 등싸움
또는 초롱쌈으로 불렸다. 현재 통영에서 매년 개최되
는 한산대첩제에서 이를 재현하는데, 놀이 내용은 과
거와 완전히 다르지만 풍등의 규모나 모양은 옛것을
본떴다.

노인정의 어머니들

문 여는 소리에 돌아보는
노인정의 어머니들은 많이 닮았다.

아쉬움도, 욕심도 짧은
노인정의 어머니들은

가없는 사랑으로 버티어낸
삶의 주름이 같아서인지

애증의 속앓이를 쓰다듬는
위로가 서로 아파서인지

매일 만나 닮아 가는가 보다.

엊그제 벚꽃 나들이는 그새 잊고
단풍 궁리에 바쁜 어머니들

기억을 더듬어 내는

지팡이 질 대간해도

자기만 아는 비밀을 내놓는
통 큰 씀씀이를 우쭐거려도

만산홍엽에서 찾아보고픈
그리움의 눈빛이 같아서

매일 만나 닮아 가는가 보다.

*속앓이: 어떤 생각을 겉으로 표현하지 못하고 속으로만 생각해 마음의 아픔을
　　　　겪는 일.
*대간하다: '고단하다'의 방언.

노란 동백

그리워라
언니들과 나물 캐던
고향의 동산

노란 동백이
엄마의 눈주름에
꽃을 피운다.

알싸하니
코끝을 톡 건드리는
향기를 쥐고

▶ 생강나무

엄마는 그여
봄 동산 꽃이 되어
웃고 계신다.

*그여: '기어이'의 방언

*노란동백: 동백나무가 자라지 않는 중부 이북지역에서 부르는 생강나무의 이름으로, 이 지역에서는 생강나무의 열매로 머릿기름을 만들었다.

사모곡(風樹之歎)

가시리
가시리라

미루어
다독이면서

또 봄에 꽃이 피면
소풍 가자 했는데

한순간에 떨어지는
가을 은행잎처럼

이별의 시간이
모양새도 없이 느닷없습니다.

슬프다
야속하다

울다가
재랄하다가

아침이슬 보내듯
배웅을 합니다만

돌아보시지도 아니
가시는 잰걸음이

가뿐하신 듯해
젖은 눈시울이 뻔뻔해집니다.

그립다
보고 싶다

먹먹해
얼룩진 회한도

▶ 국립괴산호국원

저 구름 흘러가듯
아련해지겠지만

괜한 핑계들 내세워

그 선하신 미소로
쥐어 주신 온기

길 헤매다 식을까 황망합니다.

*풍수지탄(風樹之歎): 효도를 다하지 못했는데 어버이가 돌아가시어, 효도하고 싶
　　　어도 할 수 없는 슬픔을 이르는 말. "수욕정이풍부지(樹欲靜而風不止),
　　　자욕양이친부대(子欲養而親不待)."라는 옛 글귀에서 유래한다. (수욕
　　　정이풍부지, 자욕양이친부대: 나무가 가만히 있으려 해도 바람이 가만
　　　히 있지 않고, 자식이 부모를 모시려 해도 부모가 기다려주지 않는다.)
*느닷없다: 나타나는 모양이 아주 뜻밖이고 갑작스럽다.
*회한: 뉘우치고 한탄함.
*황망하다: 마음이 급하고 당황하여 어리둥절하고 허둥지둥하는 면이 있다.

생일날에

어릴 적 음력 생일은
모르고 지나기 예사라

나중에 알고 나서는
속상해 툴툴거렸었지

양력으로 지내자 하고는
외려 엄마가 잊을까

며칠 전부터 일없이
엄마 곁을 맴돌았었고

어느 엄마가
자식의 생일을 잊을까

아이들이 많아
일일이 챙겨주기 힘들어

번갈아 차려주느라
잊어야만 했을 엄마

가만히 불러
손가락을 걸어주시던

엄마가 고마워도
이젠 옆에 계시지 않아

철없는 아들은 그래도 오늘
마냥 즐겁다 지내렵니다.

▶ 생일날에

새봄에는

휠체어를 타고
지난밤 꿈에 오신 엄마

서설 내린 새벽길에
나란한 자국을 남기며

하얗게 날리던 이야기들이
꿈같지 않아 훈훈합니다만

새봄에 다시 오실 때에는
걸어서 오시는 겁니다.

그때는 동생들도 오라고 해서
'엄마의 봄밭'에 나물 캐러 가요.

*'엄마의 봄밭': 2집의 「엄마의 봄」이라는 시의 구절 "… 끝이 없을 것 같은 / 엄마의 봄밭에 / 꽃 지고 나면 / 또 올 날 있을까"

저 너머에

마르지 않는 샘이 있는 저 너머는

목마를 일 없는 풍요로운 땅

간절한 마음으로 문을 두드리면

그대의 내일이 기지개를 켤 것입니다.

해바라기 따라 도는 저기 저 너머는

신이 내려 준 또 하나의 선물

꿈꾸는 것들은 거기 다 있어

'깨어있는 자'가 주인이 되는 곳입니다.

*깨어있는 자: "그러므로 깨어 있으라. 어느 날에 너희 주가 임할는지 너희가 알지
    못함이니라." (마 24:42)

고운 꽃

꽃이 곱다
꽃이 곱다

벚꽃길 차 안에서
마냥 좋아하시던 어머니

다시 핀 그 꽃
여전히 고운데

아무런 말씀도 없는
그윽한 눈빛이 휑하네요.

머문 흔적
달랑 한 줌 남기시고

이팝나무 꽃길을 달려
본향으로 가신 어머니

계신 동산은
사철 꽃이 핀다 했으니

꽃이 곱다
꽃이 곱다

좋아하실 모습이 선합니다.

*휑하다: 놓여 있는 것이 거의 없어 매우 허전하다.
*이팝나무: 흰 쌀밥을 '이밥'이라 부르는데 이팝나무는 이밥나무에서 유래된 이름
　　　　　으로 생각된다. 5월 중순에 새하얀 꽃이 가지마다 소복소복 무리지어
　　　　　피는데. 가느다랗게 넷으로 갈라지는 꽃잎 하나하나는 밥알같이 생겼
　　　　　고, 이들이 모여서 이루는 꽃 모양은 멀리서 보면 쌀밥을 수북이 담아
　　　　　놓은 흰 사기 밥그릇을 연상케 한다.
*본향: 본디의 고향.

종소리

아침 햇살만이 아우성거리는
소리 없는 교회 종탑이 공연히 심란합니다.

소리 나지 않아도
긍휼의 종소리가 이른다면

이웃의 아픔을 걱정하는
눈물이 참이기에

한 발 물러나서 보아도 그러하다면

오직 선함에서 오는 간절함으로
이적(異跡)의 땅이 될 것인데

안타까운 시선이 멈춘 여기

이적의 역사를 받았음에도
의심하고 교만하여 멸망해 버린 가벼나움이 생각 나

외양만 남은 작은 종탑에 갇혀버린
옛 마음이 그리워 벌겋게 심란합니다.

▶ 종소리

*긍휼: 불쌍하고 가엾게 여겨서 도와줌.

*이적: 신의 힘으로 이루어지는 불가사의한 일.

*성경에 나오는 가버나움의 이적: ① 가나의 혼인 잔치에서 물을 포도주로 만든 일,
　　　② 가버나움으로 가는 배 안에서 풍랑에 두려워하는 제자들을 바다 위
　　　를 걸어 인도하신 일. ③ 지붕을 부수고 온 마비병 환자를 고친 일.

*가버나움의 멸망: 예수가 여러 번 기적을 행하였으나 사람들이 회개하지 않고 믿
　　　지 않아 예수의 예언대로 6세기에 퇴락한 마을로 지금은 사람이 살지
　　　않는 관광지다.

*사진 설명: 수채화 「저 높은 곳을 향하여」 (또랑 김진권 作)

마음의 문

문 두드리는 소리에
일어나 불을 밝히니
치워야 할 쓰레기들은
내일로 미루고
핑계의 벽에 숨어
한숨만 먹던 날들의
멀쩡한 기억들이 부끄러워
야단이 났습니다.

걱정하는 임의 기도가
눈물이 되어서야
스스로 갇혀버린
내 안의 문을 바라보니
우쭐하여 거들먹거리던
어리석은 날들이 거기 있어
돌아보고 있는 회한이
무거워 두렵습니다.

길을 잃고 주저앉아있는
내게 그대 오시어
봄날 주일학교의 기억이면
충분하다 웃어주시니
잃어버린 날들의 설움이
산산이 부서지는
통렬한 그 무언가에
죽어도 좋겠습니다.

▶ 문 두드리는 예수

*문 두드리는 소리: "볼지어다. 내가 문밖에 서서 두드리노니 누구든지 내 음성을
　　　　듣고 문을 열면 내가 그에게로 들어가 그로 더불어 먹고 그는 나로 더
　　　　불어 먹으리라." (요한계시록 3장 20절)
*회한: 뉘우치고 한탄함.

내가 누구이기에

내가 누구이기에,
술 취한 도시의 불빛 뒤에서 묻습니다.

아득하다 쓰러진 나를 깨우시어
밝은 곳으로 나가라 하시고
구름그림자에 쉬게 하시니

왜냐고 묻습니다.

내가 누구이기에,
또 의심하며 두려워 묻습니다.

메마른 마음으로 그냥저냥 지내는 나를
어여쁘다 토닥여주시는지
어리석어 모르겠습니다.

내가 누구이기에,
부끄러운 마음이 생경하여 묻습니다.

떨기나무 불꽃으로 '모세'를 부르신 이여
내 안의 울림으로 주신
"쓰일 곳이 있다." 찾으시는 것이라면

버겁지만 무겁게 소원하며
내 어미의 기도를 들고 가만히 따르겠습니다.

▶ 떨기나무의 모세

*내가 누구이기에: "모세가 하나님께 아뢰되 내가 누구이기에 바로에게 가며 이스
라엘 자손을 애굽에서 인도하여 내리이까." (출애굽기 3:11)
*생경하다: 익숙하지 않아 어색하다.

당신께 기대어

아픈 사랑에 무력했던 불면의 밤을 보내며
괜한 분노가 민망해 고개 숙여 홀로 걸었습니다.

내 속에 있음에도 어찌할지 모를 거친 바람이
「폭풍의 언덕」의 왜바람인 양 사납게 몰아칩니다.

나는 벌거벗은 히스나무처럼 삭풍에 흐느끼며
상처뿐인 나약한 마음으로 쉴 곳을 찾아 헤매다

"환난 날에 나를 부르라 내가 너를 건지리니."
빛바랜 조각에서 꺼낸 말씀에 기대어 있습니다.

이 밤이 머뭇거리는 마지막 밤이기를 갈망하며
먼동에는 아이처럼 당신 어깨에 매달리고 싶습니다.

▶ 히스나무 종류(흰말채나무)

*폭풍의 언덕(Wuthering Heights): 영국의 작가 에밀리 브론테가 필명 엘리스 벨로 출간한 유일한 소설이자 유작 소설이다. 캐서린(Catherine Earnshaw)과 히스클리프(Heathcliff)의 사랑을 우울하면서도 아름답게 묘사한 작품으로 등장인물들의 심리묘사가 뛰어난 작품이다.

*왜바람: 방향 없이 이리저리 마구 부는 바람.

*히스나무: 관목과의 키 작은 나무를 총칭.

*"환난 날에 나를 부르라 내가 너를 건지리니 네가 나를 영화롭게 하리로다." (시편 50:15)

*사진 설명: (수채화) 「승동교회」 (또랑 김진권 作)

종로 인사동길에 있는 승동교회는 1893년 미국 선교사 사무엘 무어에 의해 세워진 교회로, 서울시 유형문화재 제130호로 지정되어 있음.

지혜로운 농부

맘에 없는 선택을 강요당하는 작금의 신세가
범람한 강물을 바라보는 농부의 마음 같아 심란합니다.

상식적이지 않은 강자들의 놀이에
씨앗마저 먹고 빌붙어 살 수는 없으니

"네 식물을 물 위에 던져라." 하신 말씀을 따라
배를 타고 강으로 나간 농부처럼

희망의 씨앗이라도 뿌리겠다는
지혜로운 농부가 되었으면 좋겠습니다.

우리는 황무지를 옥토로 만들어 놓고도
거들먹거리다 거덜도 나 봤으니

위기는 홀로 설 수 있는 좋은 기회라
정신 줄 단단히 부여잡고 일어나야지요.

*"네 식물을 물 위에 던져라." (전도서 11:1): 범람한 강물이 빠질 즈음 강물에 씨
앗을 던지면 씨앗은 물 빠진 삼각주에서 자라나 풍성한 수확으로 돌아
온다는 내용의 성경 말씀.

루디아

밤나무꽃 향기에 취한 꿀벌들의
야단스런 날갯짓으로 뒤덮인

유월 중순의 밤나무 동산에
들불이 일 듯 퍼지는 밤꽃 향기가

사도를 영접한 선한 믿음 하나로
메마른 마음들을 다독이면서

불같이 타오를 복음의 씨앗이 된
빌립보의 '루디아'를 불러옵니다.

꿀과 알밤을 주는 귀한 꽃을 잊고
그냥,

꽃 내 버무리어 술잔에 얹으며
짓궂은 농으로 가벼이 희롱하였는지

부끄럼 그대로 栗園에서 꿈꾸다가

함박눈이 내리는 날 일어나
군밤에 가래떡까지 챙겨서

선한 이웃들과 나누어야겠습니다.

▶ 군밤

*빌립보의 루디아에 대한 말씀: "주께서 루디아의 마음을 여사 … 나를 주 믿는 자
　　　로 알거든 내 집에 와서 유하라." (사도행전 16:14-15)
*선자: 선지자, 남보다 먼저 깨달아 아는 사람.

겨자씨

(1)
새로 덖은 쑥차를 꺼내
차를 내린다.

처음 우린 찻물에는
코스모스의 하늘이

두 번째 우린 잔에는
'정화된 밤'의 사랑이

잘 숙성되어진 쑥차의
따뜻함을 절로 입는다.

단오 즈음부터
이 여름의 끝자락까지

▶ 겨자꽃

(2)
높고 밝은 밤을 기다려
덖은 쑥차를 소분한다.

조금이지만
기쁘게 받아주는 즐거움이 있어

미련한 마음이
늘 큰 것을 얻으니

따뜻하고 온화한 마음이
사랑을 나눈다.

겨자씨 하나
싹을 틔우는 즐거움으로

*겨자씨의 비유: "겨자씨 한 알과 같으니 땅에 심길 때에는 땅 위의 모든 씨보다 작
　　　　　은 것이로되, 심긴 후에는 자라서 모든 풀보다 커지며 큰 가지를 내나
　　　　　니 공중의 새들이 그 그늘에 깃들일 만큼 되느니라." (마가 4:31~32)
*정화된 밤: 1899년 쇤베르크가 작곡한 현악 6중주. 「정화된 밤」이라는 '데멜'의
　　　　　시에 근거한 음악으로, 쇤베르크의 작품 중 가장 중요한 작품으로 꼽힌
　　　　　다. 詩는 다른 남자의 아이를 임신한 여자의 후회와 고백, 남자의 용서
　　　　　와 변함없는 사랑을 표현한다.

삶과 죽음의 사이

▶ 미리내성지에서

生의 시간에서는 정신과 육체가
나란히 가는 것이 맞습니다.

삶과 죽음의 사이에는 나란히 가지 못하는
마음과 몸뚱이의 사이가 있는 게지요.

기울어 있는 혐오, 증오, 차별, 편견 같은 것들이
精을 병들게 만들고 身을 죽음으로 몰아가는 건 아닌지

우리들은 너무나 쉽게
창조주께서 만들어 주신 '새사람'을 잊고

지독한 자만으로 가득한
'옛사람'이 되어가고 있는 것 같습니다.

오만한 마음이 우정에 금을 내고
집착이 사랑을 잃게 만드는 것을

알면서도 어리석은 길을 가는 바보가
또 뻔뻔하게 당신을 기억하여 찾습니다.

통렬한 허무에 무기력하여
매일 새로운 아픔으로 또 허무해진다고

죽음이 두려운 것이 아니라
뽀대 없이 죽는 것이 성에 차지 않아서 그런다고

'길은 알아도 바르게 가기 힘든 길'인 생의 길을
병들어 삿된 마음으로 갈 수는 없기에

'새사람'으로 가는 길이 부끄러워도
스스로 걸어가고 싶다고

애초에
당신을 사랑하는 존재로 만들어진 나를 찾아

걸음의 무게가 무거워도 기꺼운
뚜벅이가 되고 싶습니다.

*정(精): 사람의 몸과 마음을 움직이는 근원적인 힘.
*옛사람: 육에서 난 옛사람은 여전히 죄의 몸입니다. (롬 6:6, 엡 4:22, 골 3:9)
*통렬하다: 몹시 매섭고 세차다.
*'길은 알아도 바르게 가기 힘든 길': 필자 1집의 시 「길」에서(뒷부분에 이 시의 노
　　　　　래 악보를 실었음.).
*삿되다: 보기에 떳떳하지 못하고 나쁘다.
*새사람: "새사람을 입었는데 이 새사람은 그를 창조하신 분의 형상을 따라 지식
　　　　에서 새로워진 자니라." (골 3:10)
*뚜벅이: 자기 자동차가 없어 대중교통을 이용하거나 걸어 다니는 사람을 비유적
　　　　으로 이르는 말.

위안

생과 사의 어중간한 자리는
신의 몫이라고 하던가.

소중한 인연의 길벗이여,
"아픔을 넘어서니 가없이 편하다."는
그 덤덤한 울림이
통쾌하게 나를 걷어차니 좋구나.

삶의 미련에 초조하여
지레 죽는다고 바둥거릴까봐
"추하지 않게 죽고 싶다."라는 버킷리스트를
떠버리며 살고 있는데

그대는 이미 큰사람
내가 그 넉넉함을 두르는구나.

보도블록의 틈새에서라도
기어이 꽃을 피운 민들레처럼

여름을 그리는 바람의 그림, 뭉게구름같이
"하늘과 땅에 부끄럽지 않은"
君子 흉내라도 내며
나름 삼락이라도 만들어야겠다.

가만한 바람에 물결이 일 듯
내밀한 슬픔을 다독이는
'리스트'의 피아노선율 「위안」이라는 곡을
그대에게 보내는 응원으로 전하며

작은 아픔으로 호들갑을 떤
커다란 부끄러움을 슬쩍 뭉개본다.

---

*"하늘과 땅에 부끄럽지 않은": 『맹자』의 「군자삼락」 중 두 번째 "우러러 하늘에 부
　　　끄럽지 않고 굽어보아도 사람들에게 부끄럽지 않은 것이 두 번째 즐거움
　　　이다(仰不愧於天 俯不作於人二樂也, 앙불괴어천 부불작어인이락야.)."
*가만한: 거의 드러나지 않을 정도로 조용하고 차분하다.
*「위안(위로)」: Franz Liszt의 Six Consolation S. 172. 물결을 연상시키는 섬세
　　　한 반주 위에서 꿈꾸듯 아름답게 반복되는 선율이 연인에 대한 리스트
　　　의 깊은 사랑을 담고 있다는 모두 6곡으로 이루어진 피아노 독주를 위
　　　한 소품집. 1830년에 출판된 프랑스 시인 생트 뵈브의 시집에서 가져
　　　온 것으로, 시는 이룰 수 없는 소망에 대한 아쉬움을 노래한다.

서픈의 詩

내 시는 감히 잡초다

무명 시인과
이름 몰라서 잡초

내 詩語의 여백에는
댓글이 없고
너 풀꽃이 펴도
관심이 없는, 그래서

너에게는
빌딩 숲의 일출이랑
브레이크 빛 노을이 있고

나에게는
청승의 달밤에 애쓴
괜찮은 시 몇 수는 있다고

값은 될 거라 할
아무런 이유는 없으나
너 한 줌 모아
내 단상에 걸쳐놓는다면

서푼의 망설임은 받아야 하겠다. 어떠냐?

*청승: 궁상스럽고 처량한 행동이나 태도.
*단상: 때에 따라 떠오르는 단편적 생각. 또는 그 생각을 적은 글.
*서푼: 한 푼의 세 배. 아주 보잘것없는 것.

가

*가객: 반갑고 귀한 손님.

*가난한 벗: 자연의 벗이 되어 욕심의 그릇을 비우며 길을 걸어가는
　　　　　사람들, 함께 걷는 길 친구들.

*가무리다: 몰래 혼자 차지하거나 흔적도 없이 먹어 버리다.

*가뭇없다: 전혀 안 보여 찾을 길이 없다.

*가버나움
　1) 이적: ① 가나의 혼인 잔치에서 물을 포도주로 만든 일, ② 가버나움으
　　　　　로 가는 배 안에서 풍랑에 두려워하는 제자들을 바다 위를 걸어
　　　　　인도하신 일, ③ 지붕을 부수고 온 마비병 환자를 고친 일
　2) 멸망: 예수가 여러 번 기적을 행하였으나, 사람들이 회개하지 않고 믿지
　　　　　않아 예수의 예언대로 6세기에 퇴락한 마을로 지금은 사람이 살
　　　　　지 않는 관광지다.

*가없다: 끝이나 한도가 없다.

*「가을의 노래」: 계절마다 달라지는 러시아의 풍경을 묘사한 차이콥스
　　　　　키의 피아노 독주곡 『The Seasons』의 12개 소품 중 하나.

*감쳐물다: 아래위 두 입술을 서로 약간 겹치도록 하면서 다물다.

*감치다: 잊히지 않고 항상 마음에 감돌다.

*강: 어떠한 작용을 가하지 않거나 상태의 변화 없이 있는 그대로.

*개꼬리풀: 까치수영(염)의 다른 말. 전국의 산과 들에 자라는 여러해
　　　　　살이풀이다. 6~8월에 흰색의 꽃이 피며, 길이는 10~20㎝이

다. 줄기를 따라 작은 꽃들이 뭉쳐서 큰 봉오리가 되고 끝에
가서 꼬리처럼 약간 말려서 올라간다.

*개망초: 국화과 개망초속에 속하는 식물로 북아메리카가 원산지이
다. 어린잎은 나물로 먹으며, 감기나 위염, 설사 등에 효과가
있어 한방에서는 약재로 사용하기도 한다. 달콤하면서 부드
러운 향기가 나는 꽃이다.

*개인약수(開仁藥水): 강원도 인제군 미산리에 위치한 약수. 방태산
중턱(고도 940m)에 있다. 약수가 어진 마음을 열어 사람들
이 지니고 있는 몸과 마음의 병을 치유한다는 데에서 개인
(開仁)이라는 이름이 유래되었다고 한다.

*검은등뻐꾸기: 흔한 여름 철새로, 4월 하순에 찾아와 번식하고, 9월
중순까지 관찰된다. 머리와 목은 뻐꾸기와 비슷한 청회색이
지만 몸 윗면과 날개는 갈색 기운이 강하다. 꼬리 끝에 폭 넓
은 검은 띠가 있다. 가슴은 흰색이며 폭 넓은 검은색 가로 줄
무늬가 있다. 울음소리를 글로 표현할 수 없으나 사람들은 4
음절의 그 소리가 '홀닥벗고'라 들린다며 웃는다.

*겨자씨의 비유: "겨자씨 한 알과 같으니 땅에 심길 때에는 땅 위의 모
든 씨보다 작은 것이로되, 심긴 후에는 자라서 모든 풀보다
커지며 큰 가지를 내나니 공중의 새들이 그 그늘에 깃들일

만큼 되느니라." (마가 4:31~32)

*고갈비: 부산광역시 일대에서 고등어를 반으로 갈라 석쇠에 구워 먹는 음식.

*고래고래 합창단: 필자의 대학 친구들 합창 모임의 이름.

*곰배령: 강원도 인제군 기린면 소재. 곰이 배를 하늘로 향하고 벌떡 누워있는 모습을 하고 있어서 붙여진 지명이다. 해발 1,100m 고지에 약 165,290㎡(5만 평)의 평원이 형성되어 있으며 계절별로 각종 야생화가 군락을 이뤄 만발하여 마치 고산화원을 방불케 한다.

*空: 실체가 없고 자성(自性)이 없는 것.

*광치령: 인제군과 양구군의 경계에 있는 고개로 오르내리는 옛길은 산악지형의 영향으로 경사와 곡선구간이 많다. 현재는 터널이 뚫려있다.

*구리터분하다: 똥이나 방귀 냄새와 같이 역겹고 신선하지 않다.

*구실거리: 실수나 잘못 따위에 대해 핑계로 삼거나 변명할 만한 일.

*군것지다: 없어도 좋은 것이 쓸데없이 있다.

*귀때기청봉: 설악산 중청봉에서 시작되어 서쪽 끝의 안산으로 이어지는 서북주릉 상에 위치한 봉우리. 귀때기청봉이라는 이름은 이 봉우리가 설악산의 봉우리 가운데 가장 높다고 으스대다가 대청봉, 중청봉, 소청봉 삼 형제에게 귀싸대기를 맞

았다는 전설에서 유래 됐다고도 하고, 귀가 떨어져 나갈 정
도로 바람이 매섭게 분다고 하는 데서 유래 됐다고도 한다.

*그리웁다: '그립다'의 비표준어. 보고 싶은 마음이 애틋하고 간절하다.

*그여: '기어이'의 방언

*금강초롱: 초롱꽃과에 속하는 다년생초. 한국이 원산지이며, 높은
산지에 서식한다. 크기는 약 30~90cm 정도이다. 꽃말은
'가련한 마음', '각시와 신랑', '청사초롱'이다. 서식하는 지역
에 따라 색의 변화가 심한 것이 특징이다. 금강초롱꽃에는
금강산에 살면서 병에 걸린 자신을 위해 약을 찾으러 떠난
동생을 초롱불을 들고 기다리던 누나가 쓰러져 그 초롱불이
꽃이 되었다는 슬픈 전설이 있다.

*금과옥조: 금이나 옥처럼 귀중히 여겨 아끼고 받들어야 할 규범.

*긍휼: 불쌍하고 가엾게 여겨서 도와줌.

*기껍다: 탐탁하여 마음이 기쁘다.

*'길은 알아도 바르게 가기 힘든 길': 필자 1집의 시 「길」에서(뒷부분
에 이 시의 노래 악보를 실었음.).

*까치수염: 까치수염의 하얀색의 작은 꽃들이 총총히 박혀 있는 것이
꼭 수염 같다고 하여 붙여진 이름이다. 그리고 강아지 꼬리
처럼 보이기도 해서 개꼬리풀이라고도 한다. 또 수영이라는
식물을 닮아 까치수영이라고도 한다. 산과 들에 자라는 여러

해살이풀이다. 모래와 돌이 많은 양지에서 잘 자라며, 6~8
월에 흰색의 꽃이 핀다.

*깜치: 살빛이 까만 사람.

*깨어있는 자: "그러므로 깨어 있으라. 어느 날에 너희 주가 임할는지
너희가 알지 못함이니라." (마 24:42)

*꼬리명주나비: 흔히 호랑나비라 부른다. 무늬의 변이가 심하며, 수컷
은 노란 바탕에 검은 무늬가 있고, 암컷은 흑갈색 바탕에 담
황색 무늬가 있다.

*꽃마리: 꽃이 필 때 꽃차례가 말려 있어 꽃마리라고 부른다. 우리나라
곳곳의 산과 들, 길가에 자라는 두해살이풀로 반그늘이나 양
지에서 잘 자란다. 지름 2mm 정도의 하늘색 꽃은 4월부터
8월까지 계속 피고 진다. 꽃다지 또는 꽃말이, 잣냉이로도 불
리며, 꽃말은 '나를 잊지 마세요' 또는 '나의 행복'이다.

*꽃범의꼬리: 꿀풀과에 속하는 여러해살이풀로, 원산지는 북아메리
카다. 주로 배수가 잘되는 곳에서 서식하고 꽃은 7월에서 9
월에 걸쳐 피고, 보라색, 분홍색, 붉은색, 흰색 흰색이다. 금
붕어가 입을 벌린 듯한 모습의 꽃이 한 줄로 이어지며, 수백
송이의 꽃이 핀다. 꽃말은 청춘, 추억, 젊은 날의 회상, 열정.

*끌: 망치로 때리거나 손으로 밀어서 나무에 구멍을 파거나 겉면을 깎
고 다듬는 데에 쓰는 연장.

나

*나부대다: 얌전히 있지 못하고 철없이 촐랑거리다.

*나부라지다: 납작하게 엎드린 상태로 까부라져 늘어지다.

*날치다: 함부로 날뛰며 기세를 떨치다.

*내: 코로 맡을 수 있는 온갖 기운.

*너덜길: 돌이 많이 흩어져 깔려 있는 비탈길.

*너울너울: 팔이나 날개 따위를 활짝 펴고 아래위로 잇따라 부드럽고
　　　　　천천히 움직이는 모양을 나타내는 말.

*넘나다: 분수에 넘치는 짓을 하다.

*"네 식물을 물 위에 던져라." (전도서 11:1): 범람한 강물이 빠질 즈음
　　　　　강물에 씨앗을 던지면 씨앗은 물 빠진 삼각주에서 자라나
　　　　　풍성한 수확으로 돌아온다는 내용의 성경 말씀.

*노고지리: 종다리의 옛말.

*노란동백: 동백나무가 자라지 않는 중부 이북지역에서 부르는 생강
　　　　　나무의 이름으로 이 지역에서는 생강나무의 열매로 머릿기
　　　　　름을 만들었다.

*노루잠에 개꿈: 아니꼽고 같잖은 꿈 이야기를 하는 것.

*높바람: 몹시 빠르고 기세 있게 부는 바람, 북풍.

*누리달: 6월을 뜻하는 순우리말로 온 누리에 생명의 소리가 가득 찬
　　　　　달이라는 뜻.

*눙치다: 듣기 좋은 말로 마음을 누그러지게 하다.

*「뉴욕의 가을」: 영화 「뉴욕의 가을」(Autumn In New York, 2000년)

*느닷없다: 나타나는 모양이 아주 뜻밖이고 갑작스럽다.

*느영 나영 두리둥실 사랑허게마씸: 제주도 방언, 너하고 나하고 두리
    둥실 사랑합니다.

다

*다래: 다래나무의 열매. 맛은 키위와 비슷하여 키위를 '참다래'라 부른다.

*단상: 때에 따라 떠오르는 단편적 생각. 또는 그 생각을 적은 글.

*달집: 음력 정월 보름날 달맞이를 할 때, 불을 붙여 밝게 하기 위하
    여 나무와 짚 따위를 묶어서 집채처럼 쌓아 만든 덩어리.

*대간하다: '고단하다'의 방언.

*대목령(큰눈이고개): 인제군 대목리와 필례온천 사이의 고개.

*데면데면: 사람을 대하는 태도가 친밀성이 없고 어색한 모양을 나타
    내는 말.

*돈짝: 사물의 크기를 엽전의 크기에 상대하여 이르는 말.

*돌라방치다: 살짝 빼돌리고 대신 그 자리에 다른 것을 넣다.

*뒷말: 일이 끝난 뒤에 그 일의 원인이나 과정, 결과에 대해서 이러쿵
    저러쿵하는 이야기.

*딴전: 앞에 닥친 일과는 전혀 관계가 없는 일이나 짓.

*때죽나무: 산과 들의 낮은 지대에 서식한다. 크기는 10~15m 정도이다. 꽃은 늦봄에서 초여름 사이에 초롱처럼 생긴 흰색으로 피며, 꽃말은 '겸손'이다. 가지마다 2~5송이씩 하얀 꽃을 피운다. 그리고 열흘 남짓 지나면 열매가 열리는데, 아래를 향해 조롱조롱 매달린 열매는 익으면서 은회색이 된다.

*뚜벅이: 자기 자동차가 없어 대중교통을 이용하거나 걸어 다니는 사람을 비유적으로 이르는 말.

라

*레가토: 악보에서, 둘 이상의 음을 이어서 부드럽게 연주하라는 말.

*리베르탱고(Libertango): 경쾌한 탱고 리듬의 저음부와 멜랑콜리한 멜로디의 고음부가 동시에 진행되는 것이 특징이며, 리듬을 연주하든 주제를 연주하든 솔로가 마음껏 자유롭게 기교를 부린다.

*리즈 시절: 외모, 인기, 실력 따위가 절정에 올라 가장 좋은 시기. 영국 프리미어 리그의 축구 선수 스미스가 축구 클럽 '리즈 유나이티드'에서 뛰어난 활약을 펼치던 때를 이르던 말에서 비롯하였다.

마

*만항재: 함백산 자락 만항재는 강원도 정선과 태백, 영월이 경계를 이루는 고개다. 해발고도가 1,330m인 높은 고갯마루는 국내에서 차로 오를 수 있는 가장 높은 고개로 특히 설경이 빼어난 곳이다. 천상의 화원 만항재는 봄부터 가을까지 다양한 야생화가 피어나고 이른 아침의 안개는 몽환적이며, 발아래 겹겹이 물결치는 백두대간 풍경은 황홀하다.

*매암: '매미'의 방언.

*몽환: 꿈과 환상이라는 뜻으로, 허황된 생각을 이르는 말.

*무시로: 일정한 때가 없이 아무 때나.

*묵묵하다: 입을 다문 채 말없이 잠잠하다.

*문 두드리는 소리: "볼지어다. 내가 문밖에 서서 두드리노니 누구든지 내 음성을 듣고 문을 열면 내가 그에게로 들어가 그로 더불어 먹고 그는 나로 더불어 먹으리라." (요한계시록 3장 20절)

*미산동천: 내린천 상류 소개인동의 '비조불통'이란 계곡으로 드는 입구에 '미산동천(美山洞天)'이란 이름이 붙어 있으며, 미산동천(美山洞天)이란 '산천으로 둘러싸인 경치 좋은 곳'을 이르는 말이다. 비조불통이란 '나는 새가 아니면 가 닿을 수 없다.'라는 뜻으로, 사람들의 접근이 어려운 계곡임을 뜻한다. 하지만 근자에 다리가 놓였음.

바

*버름하다: 꼭 맞지 않고 틈이 좀 벌어져 있는 상태에 있다. 마음이 서

　　　로 맞지 않아 좀 서먹하다.

*보시시: 포근하게 살며시.

*본향: 본디의 고향.

*비쩨다: 어떤 일에 마음은 있으면서 안 그런 체하다.

*빌립보의 루디아에 대한 말씀: "주께서 루디아의 마음을 여사 …

　　　나를 주 믿는 자로 알거든 내 집에 와서 유하라." (사도행전

　　　16:14-15)

*뻑하면: 조금이라도 무슨 일만 생기면 바로.

*삑사리: 노래를 부를 때 흔히 고음에서 음정이 어긋나거나 잡소리가

　　　섞이는 경우를 통속적으로 이르는 말.

사

*사뜻하다: 깨끗하고 말쑥하다.

*사랑옵다: 사랑하고 싶도록 귀여운 데가 있다.

*"사랑은 한 마리 들새 같아서": 오페라 『카르멘』 1막의 아리아 「하바

　　　네라」, 카르멘의 사랑은 한 남자에게 구속되는 것이 아니라

　　　는 내용의 아리아.

*살바람: 좁은 틈으로 새어 들어오는 찬바람.

*살아있네: 성능이 좋거나, 함축적인 의미는 남아있거나, 오래된 것이
　　　　지만 아직 쓸 만하다고 평가될 때 사용하는 '부산' 일대에서
　　　　쓰이는 사투리. '괜찮다'의 의미.

*삿되다: 보기에 떳떳하지 못하고 나쁘다.

*새: 어떤 일에 들이는 시간적 여유나 겨를.

*새김칼: 나무나 돌 따위에 글자나 형상을 새길 때 쓰는 칼.

*새사람: 새 사람을 입었는데 이 새사람은 그를 창조하신 분의 형상
　　　　을 따라 지식에서 새로워진 자니라. (골 3:10)

*새살거리다: 샐샐 웃으면서 수선스럽게 자꾸 지껄이다.

*새이령: 강원도 인제군 북면과 고성군 간성읍 토성면 사이에 있는 고
　　　　개. 대간령이라 불리기도 한다. 새이령을 한자로 표기하면서
　　　　간령(間嶺)이 되었고, 큰 샛령(새이령)과 작은 샛령(새이령)으
　　　　로 구분하여 대간령, 소간령이 되었다.

*산꿩의다리: 산꿩의다리는 우리나라 각처의 산지에서 자라는 여러
　　　　해살이풀로, 반그늘이나 햇볕이 잘 드는 풀숲에서 자라며,
　　　　꽃은 6~7월에 원줄기 윗부분에 펼쳐지듯 피는데, 꽃잎이 없
　　　　으며 흰색이다. 꽃받침은 4~5개로 작으며 꽃이 피기 바로 전
　　　　에 떨어진다. 꿩의다리 종류들은 대부분 우리나라 특산종으
　　　　로, 꽃도 예쁘고 귀해서 인기가 많다.

*산비장이: 국화과에 속하는 다년생초. 한국과 일본이 원산지이다. 산지에 서식하며, 크기는 약 30cm~1.4m이다. 식재료로 사용할 때에는 어린순을 나물로 먹는 것이 보편적이다. 홍자색의 꽃은 여름부터 가을에 걸쳐 줄기 끝에 달리는 두상꽃차례로 무리져 피지만 꽃차례 하나하나가 마치 하나의 꽃처럼 보인다.

*산죽: 조릿대의 다른 말. '산죽, 갓대, 산대, 신우대'라고도 한다. 깊은 산의 나무 밑이나 산 가장자리에서 높이 50~100cm 정도로 자란다. 낚싯대, 대바구니, 소가구재 등 공업용으로 쓰인다. 관상용, 사방용으로 심기도 한다. 연한 잎을 데쳐서 식용하거나 말린 잎을 차로 이용한다.

*생경하다: 익숙하지 않아 어색하다.

*선자: 선지자, 남보다 먼저 깨달아 아는 사람.

*설악초: 꽃보다는 하얀 무늬가 줄로 들어 있는 잎이나 줄기가 관상 포인트다. 늦여름부터 초가을까지 관상할 수 있으며 전체적으로 차분하고 정결한 느낌을 주는 꽃으로 잎, 줄기의 흰색이랑 겹쳐서 피는 작은 꽃은 자세히 보아야 눈에 들어온다.

*성: 노하거나 언짢아서 치밀어 오르는 울컥하는 감정.

*성엣장: 물 위에 떠서 흘러가는 얼음덩이.

*세피아(sepia): 오징어의 먹물로 만드는, 보랏빛이 도는 짙은 갈색의 물감.

*『세피아빛 초상』(Retrato en Sepia): 이사벨 아옌데(Isabel Allende)의 칠레를 배경으로 한 소설. 1880년 혼혈이자 사생아로 태어나 어린 시절에 받은 충격으로 다섯 살 이전의 기억은 모두 잃어버린 '아우로라 델 바예'를 통해 피와 고통으로 얼룩진 파란만장한 칠레 근현대사의 얼굴을 보여주는 '아우로라 델 바예'의 손으로 빚어진 그들의 초상이다. "기억은 허구다. 우리는 부끄러운 부분은 잊어버리고 가장 밝은 부분과 가장 어두운 부분만 선택하여 인생이라는 널찍한 융단에 수를 놓는다. 나는 사진과 글을 통해 내 존재의 덧없는 상황을 이겨내고 사라져 가는 순간들을 붙들어 과거의 혼돈을 벗겨 내고자 필사적으로 노력한다. 매 순간은 순식간에 사라져 금방 과거가 되어 버린다. 현실은 하루살이같이 덧없고 변하는 것이며 순수한 그리움일 따름이다." (430쪽)

*셋갖춤: 저고리, 바지, 조끼를 다 갖춘 한 벌의 양복.

*소슬바람: 으스스하고 쓸쓸하게 부는 가을바람.

*소야곡: 밤에 연인의 집 창가에서 부르거나 연주하던 노래.

*소요산: 경기도 동두천시와 포천시 신북면에 걸쳐 있는 산. 산의 높이는 587.5m이고, 산세가 웅장하지는 않으나 석영반암의 대암맥이 산 능선에 병풍처럼 노출되어 성벽을 이루고 있는 듯하며, 경기소금강(京畿小金剛)이라고 불리는 절경과 진달

래, 단풍으로 유명한 산. 최근에는 봄, 가을 '지공선사'들로 북새통을 이루고 있다.

*소쿠라지다: 세찬 기세로 굽이쳐 용솟음치다.

*소회: 평소에 품고 있는 회포나 뜻.

*속바람: 몹시 지친 때에 숨이 차고 몸이 떨리는 현상.

*속앓이: 어떤 생각을 겉으로 표현하지 못하고 속으로만 생각해 마음의 아픔을 겪는 일.

*송악: 두릅나무과에 속하는 상록 덩굴식물. 공기뿌리가 나와 암석이나 다른 나무에 붙어 자란다. 잎은 녹색으로 두터운 가죽질이며, 가장자리는 밋밋하다. 10월경에 녹황색의 작은 꽃들이 몇 개씩 모여 피며, 열매는 둥글고 이듬해 5월경에 익는다. 아시아 원산으로 한반도 중남부 해안지역과 제주도에 자생한다.

*속절없다: 구체적인 이유나 까닭을 알 수 없다.

*술시(戌時):십이시(十二時)의 열한째 시. 오후 일곱 시부터 오후 아홉 시까지를 나타내는 말이지만 여기서는 그저 해 질 무렵부터 시작되는 술 마시기 좋은 시간이라는 속어의 의미.

*쉐프샤우엔(Chefchaouen): 모로코 북서부에 위치한 도시. 중세시대 기독교인들의 박해를 피해 유태인과 이베리아반도 출신 무어인들이 집단으로 피신하여 건설한 곳으로 아름다운 골목길과 인디고블루와 화이트의 대비가 눈부시게 예쁜 도시

다. 파란색은 희망을 상징하는 색이다.

*스러지다: 희미해지면서 사라져 없어지다.

*시크하다: 용모와 스타일이 세련되고 멋지다.

*심통(心痛): 악하고 고약한 마음보.

*스리쿠션 국제식 당구대의 규격: 3.15m×1.7m(약 1.6평)

*씨불이다: 쓸데없는 말을 주책없이 함부로 자꾸 지껄이다.

아

*아르페지오(arpeggio): 기타, 피아노, 하프시코드, 하프 등에서 한 개
　　　　　의 화음에 속하는 각 음을 동시에 연주하지 않고 최고음이나
　　　　　최저음부터 한 음씩 차례로 연속적으로 연주하는 주법.

*애먼: 일의 결과가 다르게 돌아가 억울하게 느껴지는.

*어긋어긋: 물건의 맞붙여 이은 조각들이 이가 맞지 않아 꽤 어긋나
　　　　　있는 모양을 나타내는 말.

*어루러기: 피부병의 하나. 처음에는 둥근 모양의 작은 점에서 시작하
　　　　　여 점점 번지면서 누른 갈색이나 검은색으로 변한다.

*어리보기: 행동이나 말 따위가 다부지지 못하고 어리석고 둔한 사람
　　　　　을 얕잡아 이르는 말.

*어스름: 날이 저물 무렵이나 동이 트기 전에 햇빛이 거의 비치지 않

아 어둑어둑한 상태.

*어여: '어서'의 방언.

*어우렁더우렁: 여러 사람들과 어울려 들떠서 지내는 모양을 나타내는 말.

*얼버무리다: 뒤섞어 슬쩍 넘기다.

*'엄마의 봄밭': 2집의 「엄마의 봄」이라는 시의 구절. "… 끝이 없을 것 같은 / 엄마의 봄밭에 / 꽃 지고 나면 / 또 올 날 있을까"

*에로스(eros): 그리스 신화에 나오는 사랑의 신, 사랑의 전령.

*엔간하다: 수준이나 정도가 보통이거나 그보다 약간 더한 상태이다.

*옛사람: 육에서 난 옛사람은 여전히 죄의 몸입니다. (롬 6:6, 엡 4:22, 골 3:9)

*'오르페오'의 아리아: 글룩의 오페라 『오르페오와 에우리디체』의 3막에 나오는 아리아 「에우리디체 없이 어떻게 할까(Che farò senza Euridice)」

*오색: 여러 가지 빛깔.

*올괴불: 낙엽 활엽 관목으로 꽃은 3~4월에 피며, 연한 노란색 혹은 붉은색으로 잎보다 먼저 핀다. 초여름에 익는 홍색 열매는 아주 매혹적이다. 괴불나무 무리는 서로 구분이 매우 어려운데, 구별할 수 있는 특징이 있다. 가지의 골속이 비어 있고, 꽃대가 아주 짧으면 괴불나무, 꽃대가 1~2센티미터에 달

하는 길이면 각시괴불나무다. 가지의 골속이 차 있고 꽃자루
에 꽃이 한 개씩 달리면 댕댕이나무, 꽃자루 하나에 꽃이 두
개씩 달리며 꽃이 잎보다 먼저 피고 연한 홍색이면 올괴불나
무, 잎에 털이 전혀 없으면 청괴불나무다. 처녀치마꽃보다 먼
저 피기에 처녀치마꽃이 필 때쯤은 색이 바래지며 말라가고
있다.

*와각지쟁(蝸角之爭): 장자(莊子)의 칙양편(則陽篇)에 나오는 말로 작
　　　은 나라끼리의 싸움이나 하찮은 일로 서로 옥신각신 승강이
　　　하는 짓을 비유적으로 이르는 말.

*와작거리다: 마구 씹는 소리를 자꾸 내다.

*왜바람: 방향 없이 이리저리 마구 부는 바람.

*'위안(위로)': Franz Liszt의 Six Consolation S. 172. 물결을 연상
　　　시키는 섬세한 반주 위에서 꿈꾸듯 아름답게 반복되는 선율
　　　이 연인에 대한 리스트의 깊은 사랑을 담고 있다는 모두 6곡
　　　으로 이루어진 피아노 독주를 위한 소품집. 1830년에 출판
　　　된 프랑스 시인 생트 뵈브의 시집에서 가져온 것으로, 시는
　　　이룰 수 없는 소망에 대한 아쉬움을 노래한다.

*으쓱으쓱: 춥거나 무섭거나 해서 자꾸 몸이 움츠러드는 모양을 나타
　　　내는 말.

*은비령: 은비령은 이순원의 소설 『은비령』에 등장하는 지명으로, 실

제 지도상에는 존재하지 않지만, 설악산 한계령 부근의 샛길을 따라가면 나오는 '신비롭게 감추어진 땅'을 표현한 것으로, 현재는 필례계곡을 뜻하는 말이 되었다.

*이팝나무: 흰 쌀밥을 '이밥'이라 부르는데 이팝나무는 이밥나무에서 유래된 이름으로 생각된다. 5월 중순에 새하얀 꽃이 가지마다 소복소복 무리 지어 피는데. 가느다랗게 넷으로 갈라지는 꽃잎 하나하나는 밥알같이 생겼고, 이들이 모여서 이루는 꽃 모양은 멀리서 보면 쌀밥을 수북이 담아 놓은 흰 사기 밥그릇을 연상케 한다.

자

*자글거리다: 근심이나 걱정 따위로 자꾸 마음을 졸이다.

*잠든 별: 까치수영의 꽃말.

*재랄: 어수선하게 떠들거나 함부로 분별없이 하는 행동을 속되게 이르는 말.

*쟁이다: 차곡차곡 포개어 쌓아 두다.

*정(精): 사람의 몸과 마음을 움직이는 근원적인 힘.

*정화된 밤: 1899년 쇤베르크가 작곡한 현악 6중주. 「정화된 밤」이라는 '데멜'의 시에 근거한 음악으로 쇤베르크의 작품 중 가

장 중요한 작품으로 꼽힌다. 詩는 다른 남자의 아이를 임신한 여자의 후회와 고백, 남자의 용서와 변함없는 사랑을 표현한다.

*접사: 렌즈를 피사체에 가까이 대고 촬영함.

*조몰락거리다: 작은 동작으로 자꾸 주무르다.

*조선총독부 건물의 철거: 1916년 일제의 식민통치 상징으로 건립된 조선총독부의 건물은 일제강점기에는 일본의 역대 총독들이 사용했고, 8·15 해방 후 미 군정기에는 군정청으로 사용되었으며, 이때부터 중앙청이라고 불리기 시작했다. 정부가 수립 후 이승만 대통령이 집무실로 사용 했으며, 5·16 군사정변 후에는 국무총리실을 비롯한 주요 정부부처의 청사로 사용되어 오다가 적절하지 못하다는 부정적인 여론 등으로 인해 1986년 8월부터 국립중앙박물관으로 개조하여 사용하다가 1995년 철거되었다. 이후 철거 잔재는 독립기념관으로 이관되어 일부는 기념물로 전시되는 등 보관된 것으로 알려진다.

*주억거리다: 천천히 위아래로 끄덕거리다.

*쥐방울덩굴: 쥐방울덩굴과에 속하는 다년생 덩굴식물. 일본과 중국, 한국이 원산지이고, 산과 들에 서식한다. 꽃은 쥐를, 열매는 방울을 닮은 덩굴식물이라 하여 '쥐방울덩굴'이라는 이름

이 붙었다. 크기는 1~5m 정도이다. 꽃은 한여름에서 늦여름 사이에 초록색으로 피며, 10월에 지름 3~5cm인 둥근 삭과가 달려 익는데, 밑 부분이 6개로 갈라져서 꽃자루의 가는 실에 매달려 낙하산 모양을 이룬다. 열매 속에 씨가 많이 들어 있다. 꽃말은 '외로움'이다.

*지레: 무슨 일이 채 일어나거나 어떤 때가 되기 전에 미리.

*진달래 능선: 북한산 백련공원에서 대동문을 오르는 길에 있는 진달래 군락지. 진달래 능선에 서면 북한산 경관의 으뜸인 암봉군이 보인다. 봄에는 진달래가, 가을에는 단풍이 장관이다.

차

*천망회회 소이불실(天網恢恢疏而不失): "하늘의 그물은 크고 넓어 그물의 코가 성글지만 선악에 대한 응보를 반드시 내린다." (老子 73장)

그 전문은, "감행하는 데 용감한 자는 사람을 죽이고, 감행하지 않는 데 용감한 자는 사람을 살린다. 이들 둘은 혹은 이롭고 혹은 해롭다. 하늘이 미워하는 바에 대해 누가 그 이유를 알겠는가. 그러므로 성인은 더욱 이를 어렵게 여긴다. 하늘의 도는 다투지 않아도 잘 이기고, 말하지 않아도 잘 응해 주고, 부르지 않아도 스스로 오고, 느슨해 보이지만 잘 도모한다. 하늘의 법망은 크고 넓어 엉성해 보이지만 놓치지 않는다."라는 글이다.

*칠절봉: 태백산맥 북부에 위치한 향로봉 가는 길에 위한 봉우리. 금강산, 국사봉, 설악산, 오대산으로 연속되는 산맥의 서쪽에는 큰까치봉, 작은까치봉, 건봉산, 향로봉, 둥글봉, 칠절봉, 매봉산 등이 연이어 있다. 날씨 좋은 날에는 금강산이 보인다.

*침잠: 마음을 차분히 가라앉혀서 깊이 사색하거나 자신의 세계에 깊이 몰입함.

카

*코비드19 팬데믹은 2023. 5. 11. 상황 종료되었다.

*콜로라투라(coloratura): 성악곡에서, 빠른 경과구나 트릴 등에 의해 기교적으로 화려하게 장식된 선율. 여기서는 소프라노의 꽃 '콜로라투라 소프라노'의 의미.

*키스(kiss): 당구용어. 다른 공에 닿다.

타

*탄도항: 경기도 안산시 선감동에 있는 어항으로 참나무가 울창하여 숯을 많이 구워냈다 하여 유래된 이름이라 한다. 탁 트인 바다와 시원한 바닷바람을 즐길 수 있는 여유와 낭만이 가득한 항구로 특히 해넘이의 풍광이 예뻐 유명하다. 간조 시엔 등대전망대가 있는 '누에섬'까지 걸어갈 수 있다.

*통렬하다: 몹시 매섭고 세차다.

파

*풍등(풍등놀이, 풍등축제): 풍등은 특정한 행사 때 하늘 높이 날리기 위한 용도로 만들어진 것으로 중국에서 유래되었다. 지금은 없어졌지만, 동짓날 저녁에 경상남도에서 이웃 서당의 학동들과 등불을 가지고 싸움하던 소년놀이로 등싸움 또는 초롱쌈으로 불렸다. 현재 통영에서 매년 개최되는 한산대첩제에서 이를 재현하는데, 놀이 내용은 과거와 완전히 다르지만 풍등의 규모나 모양은 옛것을 본떴다.

*풍수지탄(風樹之歎): 효도를 다하지 못했는데 어버이가 돌아가시어, 효도하고 싶어도 할 수 없는 슬픔을 이르는 말. "수욕정이풍부지(樹欲靜而風不止), 자욕양이친부대(子欲養而親不待)."라

는 옛 글귀에서 유래한다. (수욕정이풍부지, 자욕양이친부대: 나무가 가만히 있으려 해도 바람이 가만히 있지 않고, 자식이 부 모를 모시려 해도 부모가 기다려주지 않는다.)

*풍한: 바람과 추위를 아울러 이르는 말.

*플루크(fluke): 당구용어. 요행으로 맞음.

*피아시: '피아시 계곡'을 말하며 인제에서 합강을 건너 내린천을 따 라 오르다 보면 만나는 '피아시 고개'와 그 일대의 절경을 일 컫는 의미.

*필노령: 강원도 인제군 인제읍 귀둔리와 양양군 서면을 잇는 곳에 위 치하며, 한계령 고개 바로 아래에 위치하고 있다. 대동여지 도에 '필노령'이라고 기록되어 있으며, 의미는 노력을 아끼는 고갯길, 즉 지름길이라는 뜻이다.

하

*하늬바람: 서쪽에서 부는 바람.

*현호색: 현호색과의 여러해살이풀로써 산 중턱 이하의 숲 가장자리 나 무 밑에 많으며, 간혹 논밭 근처에서도 볼 수 있다. 우리나라에 는 제각기 특색을 지닌 10종의 현호색이 자생하고 있다. 학명 Corydalis는 희랍어의 종달새에서 유래한다. 뒤로 길게 누운

모양의 꽃은 새가 합창하는 듯한 모습을 하고 있으며, 대개 군락을 이루고 있어 숲 속의 합창공연을 보는 듯하다.

*火: 못마땅하거나 언짢아서 생기는 노엽고 답답한 감정.

*화중군자: 꽃 중의 군자라는 뜻으로, 연꽃을 달리 이르는 말. 진흙에서 자라지만 그 더러움이 물들지 않는 데서 유래한다.

*"환난 날에 나를 부르라 내가 너를 건지리니 네가 나를 영화롭게 하리로다." (시편 50:15)

*황망하다: 마음이 급하고 당황하여 어리둥절하고 허둥지둥하는 면이 있다.

*회한: 뉘우치고 한탄함.

*휑하다: 놓여 있는 것이 거의 없어 매우 허전하다.

*히스나무: 관목과의 키 작은 나무를 총칭.

*큐알코드를 스캔하시면 음원을 들을 수 있습니다.

금오도 비렁길

정문식 작사
김애숙 작곡

KU77 고래 고래합창단

길

정문식 시 / 장재흥 곡